千金譜 2.0
改換新意講台灣

徐大年 ◎ 著

推薦序

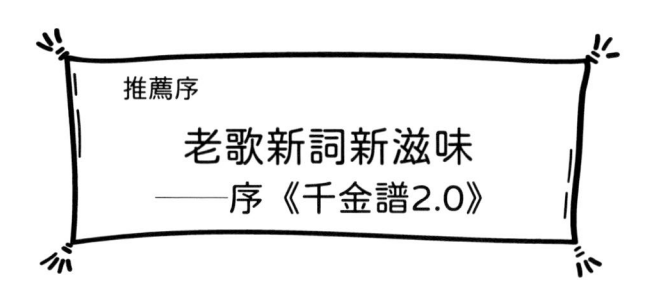

老歌新詞新滋味
——序《千金譜2.0》

何信翰
臺中教育大學台灣語文學系副教授

　　《千金譜》是早期台灣、廈門流傳真普遍的囡仔捌字冊（蒙書），真濟到今猶定定咧使用的俗諺語，親像「竹篙鬥菜刀」等等，攏是對這本冊出來的；冊內面講著的真濟傳統事物的名稱，更加是現代人重要的參考根據——親像義美食品包裝頂面的「虎蹄」（滸苔 hóo-thî）kah「吉紅」（桔紅 kiat-âng）的由來，學者咧考證的時，就有參考《千金譜》的記載。

　　雖罔有重要的意義，總是《千金譜》創作的時代離這馬已經有一段時間，逐家的生活型態 kah 日常用品的項目早就已經改變，所以這馬 koh 讀千金譜，除了文獻意義以外，其實也已經無真濟實用的價值。

《千金譜2.0》——改換新意講台灣

　　就是考慮《千金譜》的歷史意義 kah 現代生活的進步、改變，徐大年老師用《千金譜》的內容方向 kah 創作文體成做基礎，創作《千金譜2.0》。這本冊連附錄攏總有 15 章，對「台灣山水縣市」寫到「都市草地」；對「禽獸蟲豸」、「菜蔬果子」寫到「三 C 世界」、「生活中的日本話」，共當今台灣社會的真濟面向攏總包羅佇冊內面。會當講這本冊就是當代台灣社會的「博物誌」。

　　台灣的土地面積雖罔無算是蓋大，總是族群多元，語言、文化的種類真豐富。佇這方面，這本《千金譜2.0》的蒐集是真豐富，親像佇〈禽鳥〉這章內面，作者共屏東 kah 彰化對仝一種鳥仔的無仝稱呼：「山後鳥」kah「南路鷹」攏列出來*，表現台灣無仝所在的，因為地形產生的無仝稱呼；佇〈宗教活動〉這章內面，毋若列出逐家攏知的內門宋江陣，就連當地真有特色的「總鋪師（tsóng-phòo-sai）」也列佇內面，會當講對內門有深入的蒐集 kah 了解；最後，佇語言方面，也列出日本、荷蘭遮個國家的語言，對台語詞彙的影響。對頂面有講著和其他真濟無講著的細節所在，讀者攏會當看出作者對台灣各地的了解，以及佇寫這本冊的過程當中所落的功夫。

　　傳統 kah 現代 beh 按怎結合，才會當佇保存傳統文化的仝時，也會當符合當代社會的需求和現代人的興趣，通來增加當代讀者的閱讀意願？這是真濟文字/文化工作者一直攏 leh 思考的問題。這本冊的嘗試是成功的，相信佇逐家閱讀的過程，一定會當感受著一直溢來的訊息，和吟誦的趣味。真心推薦予逐家。

---

*　這兩个稱呼攏和這款渡鳥的飛行路線有關係。

推薦序

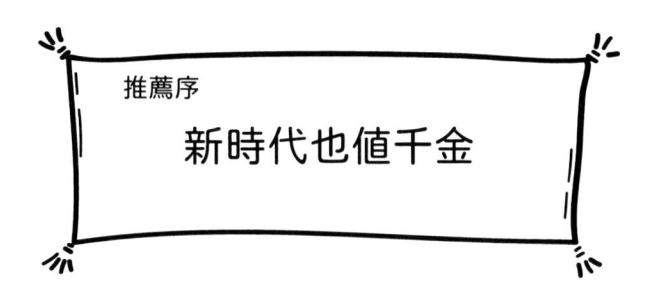

新時代也值千金

李知灝

國立中正大學台灣文學與創意應用研究所副教授兼所長

「字是隨身寶，財是國家珍。」這是古早《千金譜》踏話頭留落來的名言。早期台灣捌字的人少，喙講的話雖然是金言玉語，毋捌字就無法度記錄、傳播出去，無法度應用佇商業、工業、教育等層面。所以《千金譜》的作用，除了個人智識的提升，更加是國家運作袂使欠缺的基礎。這馬教育普及，捌字的人較濟，毋過學習的攏是華語系統，失去用台語讀寫的能力，煞顛倒講是台語無字。實在是毋知較早教育囡仔所用的《千金譜》，就是用台語來讀、來捌字。

毋過語言隨時代變化，新的物產佮行為就會產生新的語詞，教育囡仔的讀本嘛應該綴時代改進，因此才有這本《千金譜2.0》。這本冊除了自古以來就有的山川、民俗、動植物以外，閣有現代的交通、醫療、3C 等等，會使講是進化版本的《千金譜》。予囡仔咧唸

《千金譜2.0》——改換新意講台灣

讀的過程,自然進入台語的環境,同時學習語言佮文字,提升台灣的文化。

俗語講:「人不露才。」嘛有人講「人不露財」,猶閣有人講笑詼講「人不露臍」。人露臍會感冒,若露財會危險,為著文化發展來「露才」,應該是逐家所樂見的。大年這本《千金譜2.0》表現伊創作的才華,嘛向望會當予台語教學閣較趣味,予逐家攏知影台語相楗是有綴時代進化、發展的活語言。

推薦序

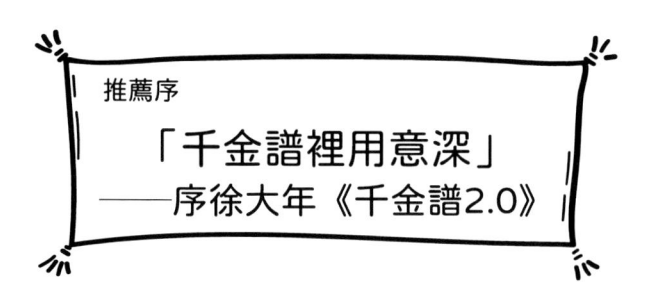

「千金譜裡用意深」
──序徐大年《千金譜2.0》

陳瀅州

國立中正大學台灣文學與創意應用所兼任助理教授

　　《千金譜》是古早認字啓蒙的教材，除了捌字，內容有衣、食、住、行、信仰、行業、記數、契約等等幾若十種主題，會當講是包山包海，是早前誠普遍流通的蒙書。不而過，現代教育體制發展了後，遮爾有意義的冊煞漸漸無夆重視，嘛罕得有人咧使用，實在是真可惜！大年佮伊的指導教授知灝來邀請我替伊的創作論文口試，一聽著《千金譜2.0》，我隨就共允矣！

　　《千金譜2.0》既然號名「2.0」，就是以原底《千金譜》為基礎，長短句、音節節奏無變，內容對清道光閩南地區變成符合現今台灣社會，用字變較淺小可。〈序言〉以外，設定十一个主題，內底有台灣特色的山水、民俗、節日、動植物，嘛有現代社會的城

《千金譜2.0》——改換新意講台灣

鄉、交通、醫療、3C，另外也有外來語的日本話。上特別的是〈生活中的日本話〉，這是《千金譜2.0》才有的創意安排。台灣受過日本統治，日語嘛早就濫入來台語內底，成做咱日常生活當中定聽捷講的台語外來語，佇大年的手中嘛成做「千金譜」的一部分。上尾，我引用大年佇〈序言〉的「千金譜裡用意深」來做這篇的題目，咱若看這本《千金譜2.0》，毋但認捌台語字詞佮台灣文化，閱讀過程中嘛會使欣賞永早《千金譜》的音韻節奏，共同來熟姒傳統的蒙書、新時代的創作！

自序

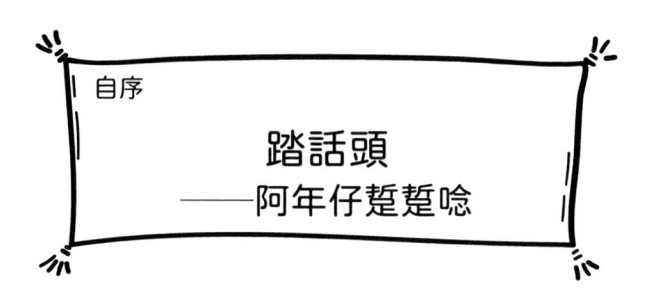

踏話頭
——阿年仔踅踅唸

　　《千金譜》是較早台灣民間流傳上闊、上出名的啟蒙教材。彼當時厝裡較散赤、無法度去學堂讀冊的人就會使讀《千金譜》，讀熟了後認捌千外个字，就聽好揣頭路共頭家記數矣。我想彼當陣若有排行榜，伊應該嘛會當衝起去賣上好的暢銷書啦！《千金譜》的特色就是參科舉考試的四書五經攏用文音來讀完全無仝，伊是用大量的白話音所寫、有湊句的韻文。閣來是文章內底紀錄真濟當時泉州生活物件的名詞。

　　真可惜，佇咱國家開始有義務教育了後，逐家就漸漸共這本重要的冊放袂記得囉，到今甚至誠濟少年輩嘛毋知影有這本冊。阿年仔寫這本《千金譜2.0——改換新意講臺灣》，就是想欲予逐家會使閣注意著這本冊，而且用臺灣人的角度、講臺灣台語、寫臺灣在地的生活語言。當然啦，上重要的是我延續《千金譜》的精神，全篇是長短句結構、有湊句的韻文。

《千金譜2.0》——改換新意講台灣

　　既然是韻文,按怎念就真重要矣,愛有節奏感、閣愛諧韻,念起來毋才會嬪氣,所以文章內底攏有羅馬拼音。不而過臺灣雖然所在無蓋大,各地台語腔口卻是有真濟方音差,所致標音的時陣我是先用通行腔來標,毋過拄著欲湊句諧韻就會用韻跤音。比論講「病」原底標 pīnn,為著諧韻就標 pēnn。「羹」原底標 kinn,為著諧韻就標 kenn。「暝」原底標 mî,為著諧韻就標 mê。

　　另外一種狀況是:教育部臺灣台語常用詞辭典標的音,交老輩台灣人慣習講的音無仝,我選擇保留老輩原來的聲音,佇後尾才標註解說。比論講「強欲」教育部辭典是標 kiông,我保留老輩 giông 的音。「羅漢跤仔」教育部辭典是標 lô,我保留老輩 lōo 的音。挹墓粿教育部辭典是標 ip,我保留老輩 ioh 的音。

　　閣來,講著予我上頭疼的「番外篇～生活中的日本話」,日本話佇台語內底有日本漢字日本音、日本漢字台語音、有台羅拼音煞無字……一逝漢字一逝台羅拼音,是欲按怎表示較袂予讀者看甲目睭花、頭殼霧嗄嗄?最後決定有漢字就下跤加一巡,無字就用台羅拼音來解決。

　　當然,為著欲予台文好的、無蓋邁好的、完全未曉台文但是有興趣的讀者,攏會使了解《千金譜2.0》到底是咧講啥貨,我嘛真貼心為逐家獻聲錄音,只要提手機仔掃一下 QR Code,就會使聽著我的牛聲馬喉為恁念冊,若是共恁驚著,我佇遮先共逐家會失禮,(所以奉勸逐家千萬毋通欲睏才來聽喔!)為著傳承台語文化,替台語出版冊加入新血,請恁著愛做伙鬥支持喔!感謝!努力!

目　次

推薦序　老歌新詞新滋味／何信翰	003
推薦序　新時代也值千金／李知灝	005
推薦序　「千金譜裡用意深」／陳瀅州	007
自序　踏話頭	009
序言	013
台灣山水縣市	017
都市佮草地	023
蟲豸	031
禽鳥	039
走獸	047
菜蔬果子	055
重要節日	069

《千金譜2.0》——改換新意講台灣

啖糝一下	083
三月瘖媽祖	105
城隍夜巡諸羅城	113
東港王船祭	119
內門宋江陣	125
客家義民祭	131
交通工具	135
漢醫	147
西醫	155
三C世界	171
番外篇～生活中的日本話	185
謝誌	215

序言
sū giân

《千金譜2.0》──改換新意講台灣

字是隨身寶,財是國家珍。
jī sī suî sin pó,tsâi sī kok ka tin。

一字值千金,千金難買聖賢心。
it jī ta̍t tshian kim,tshian kim lân mái sīng hiân sim。

千金譜裡用意深,一言一語用苦心。
tshian kim phóo lì iōng ì tshim,it giân it gí iōng khóo sim。

時勢若流轉,萬事入文明。
sî sè ná liû tsuán,bān sū ji̍p bûn bîng。

世界日新興,科技社會鄉土情。
sè kài ji̍t sin hing,kho kī siā huē hiong thóo tsîng。

序言

後代囝孫來接續,母語德音好傳承。
āu tāi kiánn sun lâi tsiap siók,bú gí tik im hó thuân sîng。

《千金譜2.0》──改換新意講台灣

台灣山水縣市

tâi uân san suí kuān tshī

《千金譜2.0》——改換新意講台灣

東亞一鯤島,四界攏講寶。
tang à it khun tó,sì kè lóng kóng pó。

處處風景好,美麗之島人呵咾。
tshù tshù hong kíng hó,bí lē tsi tó lâng o ló。

四箍輾轉是海洋,
sì khoo liàn tńg sī hái iûnn,

親像海翁泅對太平洋。
tshin tshiūnn hái ang siû tuì thài pîng iûnn。

護國有神山,守護咱台灣。
hōo kok ū sîn san,siú hōo lán tâi uân。

雪山佮玉山,中央海岸阿里山,
suat san kah gio̍k san,tiong iong hái huānn a lí san,

毋驚風颱來擾亂，保護逐家的安全。
m̄ kiann hong thai lâi jiáu luān，pó hōo ta̍k ke ê an tsuân。

淡水蘭陽溪，頭前後龍溪，
tām tsuí lân iông khe，thâu tsîng āu lâng khe，

中港大安溪，大甲北港朴子溪，
tiong káng tāi an khe，tāi kah pak káng phoh tsú khe，

八掌曾文鹽水溪，閣有二仁東港高屏溪，
pat tsiáng tsan bûn kiâm tsuí khe，koh ū jī jîn tang káng ko pîn khe，

上長濁水溪，上短四重溪，
siōng tn̂g lô tsuí khe，siōng té sì tîng khe，

《千金譜2.0》──改換新意講台灣

猶有趣味的,阿公店無店攏是假,
iáu ū tshù bī ē,a kong tiàm bô tiàm lóng sī ké,

花蓮卑南秀姑巒,濟濟溪水晟養咱台灣。
hua liân pi lâm siù koo luân,tsē tsē khe tsuí tshiânn iúnn lán tâi uân。

六都新都心,寸土是寸金,
liȯk too sin too sim,tshùn thôo sī tshùn kim,

霓虹閃閃爍,繁華鬧熱無地比。
gê hông siám siám sih,huân huâ lāu jia̍t bô té pí。

台北新北桃園市,台中台南高雄市。
tâi pak sin pak thô hn̂g tshī,tâi tiong tâi lâm ko hiông tshī。

台灣山水縣市

閣有十六个縣市，基隆宜蘭落雨落袂離，
koh ū tsa̍p la̍k hê kuān tshī, ke lâng gî lân lo̍h hōo lo̍h bē lī,

苗栗彰化佮雲林，南投徛佇台灣的中心，
biâu li̍k tsiong huà kah hûn lîm, lâm tâu khiā tī tâi uân ê tiong sim,

新竹嘉義雙縣市，國境之南屏東好耍水，
sin tik ka gī siang kuān tshī, kok kíng tsi lâm pîn tong hó sńg tsuí,

台東花蓮風景媠，後山日頭先照伊，
tâi tang hua liân hong kíng suí, āu suann ji̍t thâu sing tsiò i,

外島有澎湖,金門佮馬祖。
guā tó ū phînn ôo, kim mn̂g kah má tsóo。

攏是美麗的鄉土,逐家認真拍拚毋驚苦。
lóng sī bí lē ê hiong thóo, ta̍k ke jīn tsin phah piànn m̄ kiann khóo。

都市佮草地
too tshī kah tsháu tē

《千金譜2.0》──改換新意講台灣

古早的時代,家族重和諧,
kóo tsá ê sî tāi,ka tsók tiōng hô hâi,

公媽做伙拜,大厝宅裡真精彩。
kong má tsò hué pài,tuā tshù théh lì tsin tsing tshái。

正身護龍門口埕,蹛遮養飼幾若代。
tsiànn sin hōo lîng mn̂g kháu tiânn,tuà tsia iúnn tshī kuí ā tāi。

較早蹛平階,樓仔厝人人愛,
khah tsá tuà pînn kai,lâu á tshù lâng lâng ài,

透天起規排,下港庄跤是常在。
thàu thinn khí kui pâi,ē káng tsng kha sī tshiâng tsāi。

厝邊頭尾攏熟似,欠跤手喝就來。
tshù pinn thâu bué lóng si̍k sāi, khiàm kha tshiú huah tō lâi。

廟埕鬧猜猜,序大人上蓋愛,
biō tiânn nāu tshai tshai, sī tuā lâng siōng kài ài,

行棋兼弈牌①,抱孫弄孫笑咍咍,
kiânn kî kiam ī pâi, phō sun lāng sun tshiò hai hai,

若欲泡茶箍倚來,話仙話甲日斜西。
nā beh phàu tê khoo uá lâi, uē sian uē kah ji̍t tshiâ sai。

繁華的都市,食穿全所費,
huân huâ ê too tshī, tsia̍h tshīng tsuân sóo huì,

《千金譜2.0》──改換新意講台灣

透天蹛袂起,公寓距甲喘袂離。
thàu thinn tuà bē khí, kong gū peh kah tshuán bē lī。

電梯大樓滿滿是,攏有公共的設施。
tiān thui tuā lâu muá muá sī, lóng ū kong kiōng ê siat si。

也有細間小套房,厝價厝租較便宜。
iā ū sè king sió thò pâng, tshù kè tshù tsoo khah pân gî。

嘛有好額田僑仔,別莊起甲大閣媠。
mā ū hó giȧh tshân kiâu á, piȧt tsong khí kah tuā koh suí。

台北一〇一,懸甲欲拄天,
tâi pak it khòng it, kuân kah beh tú thinn,

都市佮草地

名聲迵世界,一支若火箭,
miâ siann thàng sè kài, tsit ki ná hué tsìnn,

欲踅欲買隨在你,好食好耍真四序。
beh sèh beh bé suî tsāi lí, hó tsiàh hó sńg tsin sù sī。

圖書館、電影院,百貨公司吹冷氣,
tôo su kuán、tiān iánn īnn, pah huè kong si tshue líng khì,

演唱會、舞台戲,各種展覽真趣味,
ián tshiùnn huē、bú tâi hì, kok tsióng tián lám tsin tshù bī,

《千金譜2.0》——改換新意講台灣

有公園、運動埕,大人囡仔攏佮意,
ū kong hn̂g、ūn tōng tiânn,tuā lâng gín á lóng kah ì,

大賣場、大超市,日常生活愛靠伊,
tuā bē tiûnn、tuā tshiau tshī,ji̍t siông sing uah ài khò i,

上新潮、上稀奇,啥物攏有逐項貴,
siōng sin tiâu、siōng hi kî,siánn mih lóng ū ta̍k hāng kuì,

遮就是──迷人的都市。
tsia tō sī–bê lâng ê too tshī。

毋管庄跤抑都市，上媠風景是人情味，
mī kuán tsng kha iah too tshī，siōng suí hong kíng sī jîn tsîng bī，

希望逐家愛保持，囝孫代代傳落去。
hi bōng tak ke ài pó tshî，kiánn sun tāi tāi thuân loh khì。

《千金譜2.0》——改換新意講台灣

詞語解釋

① 弈牌：教育部台灣台語常用詞辭典用「奕」

蟲豸

thâng thuā

《千金譜2.0》──改換新意講台灣

寶島真燒熱,四季有蟲豸,
pó tó tsin sio juảh,sù kuì ū thâng thuā,

胡蠅佮蠓仔,狗蟻白蟻大水蟻,
hôo sîn kah báng á,káu hiā pẻh hiā tuā tsuí hiā,

烏蠅①蜘蛛和虼蚻②,予人看著真討厭,
oo bui ti tu hām ka tsuảh,hōo lâng khuànn tiỏh tsin thó ià,

水裡有水蛆,摒掃環境袂腌臢,
tsuí lì ū tsuí tshi,piànn sàu khuân kíng bē a tsa,

牛螕、虼蚤③、蝨母參木蝨④,
gû pi、ka tsáu、sat bú tsham bảk sat,

攏是欶血的害蟲,共伊拍死莫予活。
lóng sī suh huih ê hāi thâng,kā in phah sí mài hōo uah。

螿蚚蟮蟲仔,田嬰佮秤仔,
lâ giâ siān thâng á,tshân inn kah tshìn á,

攏會共蟲食,千萬毋通共伊掠,
lóng ē kā thâng tsiah,tshian bān m̄ thang kā i liah,

上愛花叢去採蜜,就是蜜蜂和蝶仔,
siōng ài hue tsâng khì tshái bit,tō sī bit phang hām iah á,

若是拄著虎頭蜂,緊走無會叮你肉。
nā sī tú tioh hóo thâu phang,kín tsáu bô ē tìng lí bah。

033

《千金譜2.0》——改換新意講台灣

娘仔⑤會吐絲,杜蚓䖘塗沙,
niû á ē thòo si, tōo ún nńg thôo sua,

草猴⑥有鍥仔,蚮蜅蠐⑦佇樹頂吵,
tsháu kâu ū keh á, am poo tsê tī tshiū tíng tshá,

囡仔愛灌肚伯仔⑧,弄雞公是草蜢仔。
gín á ài kuàn tōo peh á, lāng ke kang sī tsháu meh á。

水雞田蛤仔,佹囝肚胿仔⑨,
tsuí ke tshân kap á, in kiánn tōo kuai á,

杜定真猛掠,有人叫伊四跤蛇。
tōo tīng tsin mé liàh, ū lâng kiò i sì kha tsuâ。

熱人上驚看著蛇,
juàh lâng siōng kiann khuànn tiòh tsuâ,

雨傘節、龜殼花、百步蛇,
hōo suànn tsat、ku khak hue、pah pōo tsuâ,

飯匙銃⑩、青竹絲佮鎖蛇,
pn̄g sî tshìng、tshinn tik si kah só tsuâ,

台灣有名六毒蛇,拄著緊走莫拖沙。
tâi uân ū miâ la̍k to̍k tsuâ,tú tio̍h kín tsáu mài thua sua。

放臭閃危險,號做臭腥仔,
pàng tshàu siám guî hiám,hō tsò tshàu tshinn á,

錦蛇誠大隻,伊攏無毒毋免掣。
gím tsuâ tsiânn tuā tsiah,in lóng bô to̍k m̄ bián tshuah。

《千金譜2.0》——改換新意講台灣

細隻珠仔龜,青色是金龜,
sè tsiah tsu á ku,tshinn sik sī kim ku,

雞母蟲來變成,愛弄屎是牛屎龜,
ke bú thâng lâi piàn sîng,ài lāng sái sī gû sái ku,

臭咪moo是臭腥龜仔,
tshàu mi moo sī tshàu tshinn ku á,

發角鹿角龜⑪參剪仔龜⑫。
huat kak lȯk kak ku tsham tsián á ku。

會點燈是火金蛄,上愛清氣的地區,
ē tiám ting sī hué kim koo,siōng ài tshing khì ê tē khu,

蜈蚣百跤發身軀,伊的親情蜈蚣舅[13],
giâ kang pah kha huat sin khu,i ê tshin tsiânn giâ kang kū,

露螺和田螺,會使提來煮,
lōo lê hām tshân lê,ē sái theh lâi tsú,

福壽螺顧人怨,水岸邊仔共卵孵,
hok siū lê kòo lâng uàn,tsuí huānn pinn á kā nn̄g pū,

青杜定[14]野外跔,偷食田裡農作物,
tshinn tōo tīng iá guā ku,thau tsiah tshân lì lông tsok but,

破壞生態不可取。
phò hāi sing thài put khó tshú。

《千金譜2.0》──改換新意講台灣

詞語解釋

① 烏蠘：小黑蚊
② 虼蚻：蟑螂
③ 虼蚤：跳蚤
④ 木蝨：床蝨、臭蟲
⑤ 娘仔：蠶
⑥ 草猴：螳螂
⑦ 蝘蜅蠐：蟬
⑧ 肚伯仔：蟋蟀
⑨ 肚胿仔：蝌蚪
⑩ 飯匙銃：眼鏡蛇
⑪ 鹿角龜：獨角仙
⑫ 剪仔龜：鍬形蟲
⑬ 蜈蚣舅：馬陸
⑭ 青杜定：綠鬣蜥

禽鳥

khîm niáu

《千金譜2.0》──改換新意講台灣

身軀有羽毛,兩支細跤爪,
sin khu ū ú mn̂g,nn̄g ki sè kha jiáu,

會飛閣會跳,咱攏叫伊是禽鳥。
ē pue koh ē thiàu,lán lóng kiò in sī khîm niáu。

雞公和雞母,雞觡雞仔囝,攏是一口灶,
ke kang hām ke bú,ke kak ke á kiánn,lóng sī tsi̍t kháu tsàu,

肉雞仿仔雞,大部分是蹛雞牢,
bah ke hóng á ke,tāi pōo hūn sī tuà ke tiâu,

土雞放山雞,樹林草埔拋拋走,
thóo ke pàng suann ke,tshiū nâ tsháu poo pha pha tsáu,

禽鳥

閣有烏骨雞，想著燖補腹肚枵。
koh ū oo kut ke, siūnn tiȯh tīm póo pak tóo iau。

鴨母鴨咪仔，鴨鵤鴨雄仔，
ah bú ah bī á, ah kak ah hîng á,

行路搖咧尾脽翹，
kiânn lōo iô leh bué tsui khiàu,

紅面鴨補冬，番鴨烘鴨是好料，
âng bīn ah póo tang, huan ah hang ah sī hó liāu,

鵝仔白拋拋，火雞開尾真妖嬌。
gô á pe̍h phau phau, hué ke khui bué tsin iau kiau。

寒人一下到，誠濟過冬鳥，
kuânn lâng tsi̍t ē kàu, tsiânn tsē kuè tang tsiáu,

《千金譜2.0》——改換新意講台灣

水鴨田徛仔①,紅鷹②牛屎鳥③,
tsuí ah tshân khiā á, âng ing gû sái tsiáu,

躼跤仔④、南路鷹⑤佮筒鳥⑥,
lò kha á、lâm lōo ing kah tâng tsiáu,

烏面抐桮⑦、山後鳥⑧,
oo bīn lā pue、suann āu tsiáu,

渡鳥百百款,實在講袂了,
tōo tsiáu pah pah khuán, si̍t tsāi kóng bē liáu,

若欲賞鳥遠遠共看莫攪擾。
nā beh sióng niáu hn̄g hn̄g kā khuànn mài kiáu jiáu。

禽鳥

粉鳥會認路，粟鳥仔⑨四界是，
hún tsiáu ē jīn lōo, tshik tsiáu á sì kè sī,

烏鴉歹吉兆，暗光鳥⑩攏睏日時，
oo a pháinn kiat tiāu, àm kong tsiáu lóng khùn ji̍t sî,

燕仔做岫踮砛簷，青苔仔⑪幼秀閣古錐。
ìnn á tsò siū tiàm gîm tsînn, tshinn tî á iù siù koh kóo tsui。

烏鶖性地䆀，雄雄會攻擊，
oo tshiu sìng tē bái, hiông hiông ē kong kik,

田園若紡過，規陣白翎鷥。
tshân hn̂g nā pháng kuè, kui tīn pe̍h lîng si。

《千金譜2.0》──改換新意講台灣

鵁鴒⑫愛展翼,鸚哥鵁鴒⑬誠勢喋,
bā hio̍h ài thián si̍t,ing ko ka līng tsiânn gâu thi̍h,

白頭鵠仔⑭食害蟲,長尾山娘⑮真正媠。
pe̍h thâu khok á tsia̍h hāi thâng,tn̂g bué suann niû tsin tsiànn suí。

客鳥⑯來報喜,杜鵑夜啼聲哀悲,
kheh tsiáu lâi pò hí,tōo kuan iā thî siann ai pi,

孔雀開屏蓋高貴,貓頭鳥目睭足大蕊。
khóng tshiok khai pîng kài ko kuì,niau thâu tsiáu ba̍k tsiu tsiok tuā luí。

雉雞竹雞仔,樹林內底走相覕,
thī ke tik ke á,tshiū nâ lāi té tsáu sio bih,

禽鳥

海鷗食食上抾拾，怹是海港清潔隊。
hái oo tsiah sit siōng khioh sip，in sī hái káng tshing kiat tuī。

濟濟禽鳥報予恁，希望逐家愛護伊。
tsē tsē khîm niáu pò hōo lín，hi bāng tak ke ài hōo i。

《千金譜2.0》──改換新意講台灣

詞語解釋

① 田徛仔：蒼鷺
② 紅鷹：紅隼
③ 牛屎鳥：鵪鶉
④ 躼跤仔：高蹺鴴
⑤ 南路鷹：灰面鵟
⑥ 筒鳥：中杜鵑
⑦ 烏面抐桸：黑面琵鷺
⑧ 山後鳥：灰面鵟
⑨ 粟鳥仔：麻雀
⑩ 暗光鳥：夜鷺
⑪ 青苔仔：綠繡眼
⑫ 鴟鴞：老鷹
⑬ 鵁鴒：八哥
⑭ 白頭鵠仔：白頭翁
⑮ 長尾山娘：台灣藍鵲
⑯ 客鳥：喜鵲

走獸

tsóo siù

《千金譜2.0》──改換新意講台灣

古早有六畜,逐口灶加減飼,
kóo tsá ū liỏk thiok, tảk kháu tsàu ke kiám tshī,

馬牛羊雞狗豬。
bé gû iûnn ke káu ti。

牛母牛犅牛仔囝,水牛赤牛作穡愛靠伊,
gû bú gû káng gû á kiánn, suí gû tshiah gû tsò sit ài khò i,

豬母豬公豬胚仔,牽豬哥拍種真稀奇,
ti bú ti kang ti phue á, khan ti ko phah tsíng tsin hi kî,

山羊肉好食,綿羊毛愛剃,
suann iûnn bah hó tsiảh, mî iûnn mn̂g ài thì,

走獸

狗仔顧門埕，出外騎馬較便利，
káu á kòo mn̂g tiânn, tshut guā khiâ bé khah piān lī,

有人寵物飼貓咪，為著報恩掠鳥鼠，
ū lâng thióng bu̍t tshī niau bi, uī tio̍h pò un lia̍h niáu tshí,

錢鼠袂使摃，會飛是飛鼠，
tsînn tshí bē sái kòng, ē pue sī pue tshí,

膨鼠上愛食果子，豬仔鼠①飼做𨑨迌物。
phòng tshí siōng ài tsia̍h kué tsí, ti á tshí tshī tsò tshit thô mi̍h。

潑猴愛捙蛆，柴山強盜就是伊，
phuat kâu ài tshia tshi, tshâ suann kiông tō tō sī i,

《千金譜2.0》──改換新意講台灣

兔仔勢挖空,欲掠毋知藏佗去,
thòo á gâu óo khang,beh liàh m̄ tsai tshàng toh khì,

密婆②倒吊真四序,果子貓③活動佇暗時,
bit pô tò tiàu tsin sù sī,kué tsí bâ uàh tāng tī àm sî,

陰鴆奸巧是狐狸,原民上愛烘山豬,
im thim kan khiáu sī hôo lî,guân bîn siōng ài hang suann ti,

花鹿四目鹿,較早台灣滿滿是,
hue lòk sì bàk lòk,khah tsá tâi uân muá muá sī,

閣有麒麟鹿,頷頸長長若樓梯,
kok ū kî lîn lòk,ām kún tn̂g tn̂g ná lâu thui,

走獸

台灣烏熊胸坎有大V，
tâi uân oo hîm hing khám ū tuā V，

貓熊一箍圓圓若麻糍，
niau hîm tsi̍t khoo înn înn ná muâ tsî，

無尾熊欲睏揕樹枝，
bô bué hîm beh khùn mooh tshiū ki，

狸貓是山貓④，羗仔佮鯪鯉⑤，
lî bâ sī suann niau，kiunn á kah lâ lí，

保育議題歹撨揤，
pó io̍k gī tê pháinn tshiâu tshi̍k，

《千金譜2.0》——改換新意講台灣

斑馬烏白線,猩猩智商像人類,
pan bé oo pe̍h suànn,sing sing tì siong tshiūnn jîn luī,

水獺會藏水,犀牛望月待何時,
tsuí thuah ē tshàng tsuí,sai gû bāng gue̍h thāi hô sî,

大象和河馬,一大陣攏蹛溪邊,
tuā tshiūnn hām hô bé,tsi̍t tuā tīn lóng tuà khe pinn,

猶有野狼獅虎豹,攏是猛獸愛細膩,
iáu ū iá lông sai hóo pà,lóng sī bíng siù ài sè jī,

走獸

有人數想皮毛媠,殘殘共個刣予死,
ū lâng siàu siūnn phuê mn̂g suí,tshân tshân kā in thâi hōo sí,

實在夭壽無天理。
si̍t tsāi iáu siū bô thinn lí。

世間萬物攏平等,千萬毋通痟貪失道義。
sè kan bān bu̍t lóng pîng tíng,tshian bān m̄ thang siáu tham sit tō gī。

《千金譜2.0》──改換新意講台灣

詞語解釋

① 豬仔鼠:天竺鼠
② 密婆:蝙蝠
③ 果子貓:白鼻心
④ 山貓:石虎
⑤ 鮻鯉:穿山甲

菜蔬果子

tshài se kué tsí

《千金譜2.0》──改換新意講台灣

賣菜義,有外才,認真拍拚通人知,
bē tshài gī, ū guā tsâi, jīn tsin phah piànn thong lâng tsai,

毋驚酸風礙,透早出門去賣菜,
m̄ kiann sng hong gāi, thàu tsá tshut mn̂g khì bē tshài,

駛車到菜市,菜擔趕緊就共排。
sái tshia kàu tshài tshī, tshài tànn kuánn kín tō kā pâi。

看著小姐對遮來,開喙就紹介:
khuànn tio̍h sió tsiá uì tsia lâi, khui tshuì tō siāu kài:

這馬①拄開市,犧牲減價大優待,
tsim má tú khui tshī, hi sing kiám kè tuā iu thāi,

菜蔬果子

我的菜色真豐沛,應有盡有逐家愛,
guá ê tshài sik tsin phong phài,ìng ū tsìn ū ta̍k ke ài,

芹菜高麗菜,菠稜仔萵仔菜,
khîn tshài ko lê tshài,pue lîng á ue á tshài,

韭菜小白菜,大同仔花仔菜,
kú tshài sió pe̍h tshài,tāi tông á hue á tshài,

香菇金針菇,芥藍仔大頭菜,
hiunn koo kim tsiam koo,kè nâ á tuā thâu tshài,

松茸山茼蒿,菜心捲心白菜,
siông jiông suann tang o,tshài sim kńg sim pe̍h tshài,

《千金譜2.0》──改換新意講台灣

紅菜紅莧菜,蕹菜油菜茄茉菜,
âng tshài âng hīng tshài,ìng tshài iû tshài ka buáh tshài,

蔥頭韭菜花,菜擴②茄仔參芥菜,
tshang thâu kú tshài hue,tshài khok kiô á tsham kuà tshài,

茭白筍冬筍桂竹筍,山東白仔湯匙仔菜,
kha pe̍h sún tang sún kuì tik sún,suann tang pe̍h á thng sî á tshài,

苳蒿是拍某菜,gōo-bōo③是疼某菜,
tang o sī phah bóo tshài,gōo-bōo sī thiànn bóo tshài,

菜蔬果子

紅菜頭，上營養，毋食實在是戇呆。
âng tshài thâu, siōng îng ióng, m̄ tsiah sit tsāi sī gōng tai。

敏豆荷蘭豆，菜豆塗豆皇帝豆，
bín tāu huê liân tāu, tshài tāu thôo tāu hông tè tāu,

刺瓜瓜仔哖，金瓜苦瓜佛手瓜，
tshì kue kue á nî, kim kue khóo kue hut tshiú kue,

上雜唸是澎湖菜瓜，
siōng tsap liām sī phînn ôo tshài kue,

講甲遐爾濟，看甲目睭花，
kóng kah hiah nī tsē, khuànn kah bak tsiu hue,

《千金譜2.0》──改換新意講台灣

匏仔當做是菜瓜！
pû á tòng tsò sī tshài kue！

馬薺豆仔薯，樹薯馬鈴薯，
bé tsî tāu á tsî，tshiū tsî bé lîng tsî，

管待伊是芋仔番薯。
kuán thāi i sī ōo á han tsî。

蒜仔炒肉絲，豆菜炒木耳，
suàn á tshá bah si，tāu tshài tshá bȯk ní，

冬瓜會開脾，角豆會顧胃，
tang kue ē khui pî，kak tāu ē kòo uī，

菜蔬果子

菜頭焄湯足甘甜，番麥食著真紲喙，
tshài thâu kûn thng tsiok kam tinn，huan beh tsiah tioh tsin suà tshuì，

蔥仔蒜頭蒺椒仔，九層塔薑母佮芫荽，
tshang á suàn thâu hiam tsio á，káu tsàn thah kiunn bú kah iân sui，

炒菜若欲好氣味，芡芳袂使無用伊！
tshá tshài nā beh hó khì bī，khiàn phang bē sái bô iōng i！

講甲糊瘰瘰，下頦強欲④落落去，
kóng kah hôo luì luì，ē hâi giōng beh lak loh khì，

061

《千金譜2.0》──改換新意講台灣

小姐心花開,雄雄才開喙:
sió tsiá sim hue khui,hiông hiông tsiah khui tshuì:

蔥仔兩支偌濟錢,賰的阮攏無愛挃。
tshang á nn̄g ki luā tsē tsînn,tshun ê guán lóng bô ài tih。

阿義聽一下,險險仔欲昏去,
a gī thiann tsit ē,hiám hiám ah beh hūn khì,

講甲袂喘氣,一喙強欲掛雙舌,
kóng kah bē tshuán khuì,tsit tshuì giōng beh kuà siang tsih,

只有趁你幾仙錢,想著真厭氣,
tsí ū thàn lí kuí sián tsînn,siūnn tioh tsin iàn khì,

菜蔬果子

為著三頓不得已,較苦嘛著忍耐渡時機!
uī tiȯh sann tǹg put tik í, khah khóo mā tiȯh jím nāi tōo sî ki!

越頭看對隔壁邊,各種果子滿滿是,
uȧt thâu khuànn uì keh piah pinn, kok tsióng kué tsí muá muá sī,

柑仔佮柳丁,金棗桔仔紅肉李,
kam á kah liú ting, kim tsó kiat á âng bah lí,

檸檬柑仔蜜,草莓葡萄佮桑椹,
lê bóng kam á bi̍t, tsháu m̂ phô tô kah sng suî,

酸微酸微小可甜,親像戀愛的滋味。
sng bui sng bui sió khuá tinn, tshin tshiūnn luān ài ê tsu bī。

《千金譜2.0》──改換新意講台灣

蘋果水梨仔，櫻桃紅記記，
phông kó tsuí lâi á, ing thô âng kì kì,

早前進口蓋高貴，有錢人才買會起。
tsá tsîng tsìn kháu kài ko kuì, ū tsînn lâng tsiah bé ē khí。

釋迦上厚子，西瓜愛飽水，
sik khia siōng kāu tsí, si kue ài pá tsuí,

枇杷潤肺閣生津，豉橄欖是酸甘甜，
pî pê jūn hì koh sinn tin, sīnn kan ná sī sng kam tinn,

椰子汁退火，貴妃愛荔枝，
iâ tsí tsiap thè hué, kuì hui ài nāi tsi,

菜蔬果子

木瓜弓蕉助消化，食落秘結就解除。
bo̍k kue kin tsio tsōo siau huà，tsia̍h lo̍h pì kiat tō kái tî。

紅柿若上市，羅漢跤仔⑤就目屎滴，
âng khī nā tsiūnn tshī，lōo hàn kha á tō ba̍k sái tih，

榴槤臭殕味，偏偏有人真佮意，
liû liân tshàu bái bī，phian phian ū lâng tsin kah ì，

檨仔濫礤冰，害我喙瀾四淋垂，
suāinn á lām tshuah ping，hāi guá tshuì nuā sì lâm suî，

棗仔蓮霧脆閣甜，桃仔芳瓜真紲喙，
tsó á liân bū tshè koh tinn，thô á phang kue tsin suà tshuì，

065

《千金譜2.0》──改換新意講台灣

拜仙桃火龍果,眾神明攏歡喜,
pài sian thô hué liông kó,tsiòng sîn bîng lóng huann hí,

猴頭果葡萄柚,誠濟bi-tá-bín C,
kâu thâu kó phô tô iū,tsiânn tsē bi-tá-bín C,

水蜜桃時計果,好食甲會觸舌,
tsuí bit thô sî kè kó,hó tsiảh kah ē tak tsih,

食菝仔放銃子,食柚仔放蝦米,
tsiảh puảt á pàng tshìng tsí,tsiảh iū á pàng hê bí,

食龍眼⑥就放木耳,王梨食濟會礙胃,
tsiảh gîng gíng tō pàng bỏk ní,ông lâi tsiảh tsē ē gāi uī,

菜蔬果子

甘蔗都無雙頭甜，楊桃切片若天星。
kam tsià to bô siang thâu tinn，iûnn thô tshiat phìnn ná thinn tshinn。

講甲會牽絲，目睭看袂離，
kóng kah ē khan si，ba̍k tsiu khuànn bē lī，

醫生有建議，三頓有肉也有魚，
i sing ū kiàn gī，sann tǹg ū bah iā ū hî，

嘛愛菜蔬參果子，食食平均愛注意，
mā ài tshài se tsham kué tsí，tsia̍h si̍t pîng kin ài tsù ì，

身體健康逐工笑微微。
sin thé kiān khong ta̍k kang tshiò bi bi。

《千金譜2.0》──改換新意講台灣

詞語解釋

① 這馬：教育部台灣台語常用詞辭典標音tsit má
② 菜擴：大頭菜
③ gōo-bōo：牛蒡
④ 強欲：教育部台灣台語常用詞辭典標音kiōng-beh
⑤ 羅漢跤仔：教育部台灣台語常用詞辭典標音lô hàn kha á
⑥ 龍眼：教育部台灣台語常用詞辭典標音lîng gíng

重要節日
tiōng iàu tseh ji̍t

《千金譜2.0》──改換新意講台灣

農業的生活,攏按舊曆來過節,
lông giáp ê sing uáh,lóng àn kū lik lâi kuè tseh,

一年十二個月,年仔節仔按怎過?
tsit nî tsáp jī kò gueh,nî á tseh á án tsuánn kuè?

請恁聽我講詳細。
tshiánn lín thiann guá kóng siông sè。

三年有一閏,閏月查某囝愛攢禮,
sann nî ū tsit jūn,jūn gueh tsa bóo kiánn ài tshuân lé,

準備豬跤佮麵線,來共爸母鬥添歲。
tsún pī ti kha kah mī suànn,lâi kā pē bú tàu thiam huè。

重要節日

年尾十二月,重要二九暝,
nî bué tsa̍p jī gue̍h,tiōng iàu jī káu mê,

全家來摔杯,相佮鬥陣坐做伙,
tsuân ke lâi phâng pue,sann kap tàu tīn tsē tsò hué,

圍爐逐家呷一下,迎接淑氣萬象回。
uî lôo ta̍k ke tsi̍p tsi̍t ē,gîng tsiap siok khì bān siōng huê。

初二三,轉外家,囝婿翁某規家伙,
tshe jī sann,tńg guā ke,kiánn sài ang bóo kui ke hué,

逐家穿新衫,手提回門禮,
ta̍k ke tshīng sin sann,tshiú the̍h huê mn̂g lé,

序大紅包趕緊哲,豐沛腥臊乾一杯。
sī tuā âng pau kuánn kín teh,phong phài tshe tshau kan tsi̍t pue。

初九天公生,天界至尊玉皇大帝,
tshe káu thinn kong sinn,thian kài tsì tsun gio̍k hông tāi tè,

子時一下到,香案排予齊,
tsú sî tsi̍t ē kàu,hiunn uànn pâi hōo tsê,

五牲麵線紅龜粿,三跪九拜行大禮。
ngóo sing mī suànn âng ku kué,sam kuī kiú pài kiânn tuā lé。

十五上元暝,圓仔有紅也有白,
tsa̍p gōo siōng guân mê,înn á ū âng iā ū pe̍h,

食飽看燈花,相招燈市玲瑯踅,
tsiah pá khuànn ting hue,sio tsio ting tshī lîn long se̍h,

攑鼓仔燈①颺颺飛,臆著謎猜開心花。
gia̍h kóo á ting iānn iānn pue,ioh tio̍h bî tshai khui sim hue。

燈會發源地,聽我來解說:
ting huē huat guân tē,thiann guá lâi kái sueh:

提督王得祿,感念兄嫂養育費心血,
thê tok ông tik lo̍k,kám liām hiann só ióng io̍k huì sim hiat,

《千金譜2.0》——改換新意講台灣

奏請嘉慶帝,一品夫人敕封做勉勵,
tsàu tshiánn ka khìng tè,it phín hu jîn thik hong tsò bián lē,

御賜元夕,家鄉賞燈花。
gī sù guân sik,ka hiong siúnn ting hue。

嘉義朴子配天宮,台灣燈會頭一个。
ka gī phoh tsú phuè thian kiong,tâi uân ting huē thâu tsit ê。

元宵節,民俗濟,毋但五彩的煙火,
guân siau tseh,bîn siỏk tsē,m̄ nā ngóo tshái ê ian hué,

重要節日

放天燈，去平溪，向天祈求好運勢。
pàng thian ting，khì pîng khe，hiòng thinn kî kiû hó ūn sè。

放蜂炮，鹽水街，共咱消災兼解厄。
pàng phang phàu，kiâm tsuí ke，kā lán siau tsai kiam kái eh。

炸寒單，台東揣，神功護體褪腹裼。
tsà hân tan，tâi tang tshuē，sîn kong hōo thé thǹg pak theh。

清明節，溫暖東風吹，
tshing bîng tseh，un luán tang hong tshue，

擇香來拜祭，培墓了後挹墓粿②，
giảh hiunn lâi pài tsè, puē bōng liáu āu ioh bōng kué,

潤餅包菜蔬，綴著健康的議題。
jūn piánn pau tshài se, tuè tiỏh kiān khong ê gī tê。

五月五日節，龍船出力扒，
gōo gueh gōo jit tseh, lîng tsûn tshut lat pê,

肉粽口味濟，紀念屈原避魚蝦，
bah tsàng kháu bī tsē, kì liām kut guân pī hî hê,

驅邪頷頸掛香袋，雄黃藥酒保身體。
khu siâ ām kún kuà hiunn tē, hiông hông ioh tsiú pó sin thé。

重要節日

七月半,中元節,好兄弟仔出來踅。
tshit gue̍h puànn,tiong guân tseh,hó hiann tī á tshut lâi se̍h。

望海巷底放水燈,佇基隆,中元祭。
bōng hái hāng té pàng tsuí ting,tī ke lâng,tiong guân tsè。

都城隍,佇新竹,繞境陣頭來展藝。
too sîng hông,tī sin tik,jiàu kíng tīn thâu lâi tián gē。

欲搶孤,恆春佮頭城,
beh tshiúnn koo,hîng tshun kah thâu siânn,

搶旗緊共孤柱跖。
tshiúnn kî kín kā koo thiāu peh。

《千金譜2.0》──改換新意講台灣

八月中秋節,逐家來賞月,
peh gue̍h tiong tshiu tseh,ta̍k ke lâi siúnn gue̍h,

柚仔提來擘,毋管麻豆斗六買,
iū á the̍h lâi peh,m̄ kuán muâ tāu táu la̍k bé,

老欉甘甜人相爭。
lāu tsâng kam tinn lâng sio tsenn。

若欲烘肉先起火,這爿食對彼爿過,
nā beh hang bah sing khí hué,tsit pîng tsia̍h tuì hit pîng kuè,

那食月餅那哈茶,歡喜講天閣講地。
ná tsia̍h gue̍h piánn ná ha tê,huann hí kóng thinn koh kóng tē。

重要節日

九月重陽節,啉酒賞菊花,
káu gue̍h tiông iông tseh, lim tsiú siúnn kiok hue,

序大參長輩,祝福食到百二歲,
sī tuā tsham tióng puè, tsiok hok tsia̍h kàu pah jī huè,

敬老尊賢囥心底,家有一老是寶貝。
kìng ló tsun hiân khǹg sim té, ka iú it ló sī pó puè。

十二月、到冬尾,萬項代誌好收尾,
tsa̍p jī gue̍h、kàu tang bué, bān hāng tāi tsì hó siu bué,

十六日、是尾牙,拜土地公攢牲禮,
tsa̍p la̍k ji̍t、sī bué gê, pài thóo tī kong tshuân sing lé,

《千金譜2.0》──改換新意講台灣

日上短、是冬節,補冬上好勢。
ji̍t siōng té、sī tang tseh,póo tang siōng hó sè。

二四日、送灶神,食予甜甜講好話。
jī sì ji̍t、sàng tsàu sîn,tsia̍h hōo tinn tinn kóng hó uē。

目一䀹、二九暝,歡頭喜面新年初。
ba̍k tsi̍t nih、jī káu mê,huann thâu hí bīn sin nî tshe。

春夏秋冬,輪迴四季,
tshun hā tshiu tang,lûn huê sù kuì,

生活靠智慧,年節有意義,
sing ua̍h khò tì huī,nî tseh ū ì gī,

重要節日

歷史文化愛保持,千萬毋通放袂記。
lik sú bûn huà ài pó tshî,tshian bān m̄ thang pàng bē kì。

《千金譜2.0》──改換新意講台灣

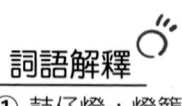

詞語解釋

① 鼓仔燈:燈籠
② 挹墓粿:掃墓結束,將祭品分給附近貧困兒童的習俗。教育部台灣台語常用詞辭典標音ip bōng kué

啖糝一下

tām sám tsi̍t ē

《千金譜2.0》──改換新意講台灣

寶島族群濟，美食來交陪，
pó tó tsȯk kûn tsē，bí si̍t lâi kau puê，

點心百百款，夜市排隊人相唊，
tiám sim pah pah khuán，iā tshī pâi tuī lâng sio kheh，

啥物四秀仔攏有賣，喙饞止枵食啥貨？
siánn mi̍h sì siù á lóng ū bē，tshuì sâi tsí iau tsia̍h siánn huè？

買寡啖糝來啖糝一下！
bé kuá tām sám lâi tām sám tsi̍t ē！

上好食，鹹酥雞，四界排擔在你揣，
siōng hó tsia̍h，kiâm soo ke，sì kè pâi tànn tsāi lí tshuē，

啖糁一下

臭豆腐,佮泡菜,是芳是臭莫相諍,
tshàu tāu hū, kah phàu tshài, sī phang sī tshàu mài sio tsènn,

烘煙腸,烘大腸,大腸小腸包做伙,
hang ian tshiâng, hang tuā tn̂g, tuā tn̂g sió tn̂g pau tsò hué,

肉粽戰南北,愛煮抑愛炊,
bah tsàng tsiàn lâm pak, ài tsú iah ài tshue,

這是頭疼的問題。
tse sī thâu thiànn ê būn tê.

油飯交米糕,到底個是差佇佗位?
iû pn̄g kiau bí ko, tàu té in sī tsha tī tueh?

《千金譜2.0》──改換新意講台灣

蚵仔煎無愛蚵仔真超過！
ô á tsian bô ài ô á tsin tshiau kuè！

番薯糋①，飯嗲嗲，蝦肉餅②是泰國的，
han tsî tsìnn，khiū teh teh，hê bah piánn sī thài kok ê，

thián-pú-lah③，參a-geh④，兩个攏是日本話，
thián-pú-lah，tsham a-geh，nn̄g ê lóng sī jit pún uē，

烘鰇魚，烘番麥，鹹芳紲喙一直齧，
hang jiû hî，hang huan beh，kiâm phang suà tshuì it tit khè，

滷味、烏白切，猶有鹹水雞，
lóo bī、oo peh tshiat，iáu ū kiâm tsuí ke，

啖糝一下

海帶、豆皮有肉有菜蔬，欲食啥物家己夾。
hái tuà、tāu phuê ū bah ū tshài se，beh tsiah siánn mih ka tī ngeh。

蚵炱和肉炱，外皮糋甲loo閣脆，
ô te hām bah te，guā phuê tsìnn kah loo koh tshè，

豆油膏下落去，一喙一喙無夠貯，
tāu iû ko hē lueh，tsit tshuì tsit tshuì bô kàu té，

肉圓有糋嘛有炊，看你較愛佗一个，
bah uân ū tsìnn mā ū tshue，khuànn lí khah ài tó tsit ê hê，

豬血粿搵塗豆烌，有人芫荽無愛下，
ti huih kué ùn thôo tāu hu，ū lâng iân sui bô ài hē，

《千金譜2.0》——改換新意講台灣

藥頭仔燖排骨，當歸鴨麵線，
lȯh thâu á tīm pâi kut，tong kui ah mī suànn，

寒人補身體，燒唿唿較袂冷跤底，
kuânn lâng póo sin thé，sio hut hut khah bē líng kha té，

潤餅餃，炒卵肉絲和菜蔬，
jūn piánn kauh，tshá nn̄g bah si hām tshài se，

糝寡塗豆糖，好食甲飛天鑽地。
sám kuá thôo tāu thn̂g，hó tsiah kah pue thinn tsǹg tē。

鰇魚羹、花枝羹、赤肉羹、鴨肉羹，
jiû hî kenn、hue ki kenn、tshiah bah kenn、ah bah kenn，

啖糝一下

大腸麵線、蚵仔麵線，攏總有牽羹，
tuā tn̂g mī suànn、ô á mī suànn，lóng tsóng ū khan kenn，

烏醋共濫落去，好食幾若倍。
oo tshòo kā lām lueh，hó tsiàh kuí ā puē。

割包是虎咬豬，車輪餅包紅豆沙，
kuah pau sī hóo kā ti，tshia lián piánn pau âng tāu se，

米芳用磅的，麻粩酥閣脆，
bí phang iōng pōng ê，muâ láu soo koh tshè，

挐麥芽共黏做伙。
lā bėh gê kā liâm tsò hué。

《千金譜2.0》——改換新意講台灣

棺柴枋是用榫的，貢貢芳是狀元粿，
kuann tshâ pang sī iōng tsìnn ê，kòng kòng phang sī tsiōng guân kué，

碗粿、菜頭粿，芋粿、油蔥粿，
uánn kué、tshài thâu kué，ōo kué、iû tshang kué，

蒜茸豆油膏倒落去，閣來一盤無問題，
suàn jiông tāu iû ko tò lueh，koh lâi tsi̍t puânn bô būn tê，

雙糕潤，九重粿，烏糖芳味藏內底，
siang ko jūn，káu tîng kué，oo thn̂g phang bī tshàng lāi té，

啖糝一下

燒餅、蔥仔餅、胡椒餅、牛舌餅、共匪餅,
sio piánn、tshang á piánn、hôo tsio piánn、gû tsi̍h piánn、kiōng huí piánn,

圓的、長的、甜的、鹹的,各種口味有夠濟。
înn ê、tn̂g ê、tinn ê、kiâm ê,kok tsióng kháu bī ū kàu tsē。

炕肉飯、滷肉飯、豬跤飯、豬頭飯,
khòng bah pn̄g、lóo bah pn̄g、ti kha pn̄g、ti thâu pn̄g,

講著食飯走若飛。
kóng tio̍h tsia̍h pn̄g tsáu ná pue。

煎包、肉包、菜包、包仔囝,
tsian pau、bah pau、tshài pau、pau á kiánn,

《千金譜2.0》——改換新意講台灣

豆奶、米奶上四配,
tāu ling、bí ling siōng sù phuè,

四神湯、羊肉湯、牛肉湯、海產糜,
sù sîn thng、iûnn bah thng、gû bah thng、hái sán muê,

燒燙燙嘛愛食予貼底!
sio thǹg thǹg mā ài tsiah hōo tah té!

食鹹食甲會拍呃,食涼水來紲喙尾,
tsiah kiâm tsiah kah ē phah eh,tsiah liâng tsuí lâi suà tshuì bué,

若愛古早味,薁蕘⑤、杏仁茶,
nā ài kóo tsá bī,ò giô、hīng jîn tê,

仙草、青草茶,楊桃汁、礤冰佮豆花,
sian tsháu、tshinn tsháu tê、iûnn thô tsiap、tshuah ping kah tāu hue,

紅茶、麵茶、冬瓜茶,清涼兼退火。
âng tê、mī tê、tang kue tê,tshing liâng kiam thè hué。

芋冰口味濟,聽著叭哱緊去買,
ōo ping kháu bī tsē,thiann tio̍h pah pu kín khì bé,

這馬時行啉搣茶⑥,飲料店,窒倒街,
tsim má sî kiânn lim tshi̍k tê,ím liāu tiàm,that tó ke,

上出名粉粒奶茶,食未著,會怨慼!
siōng tshut miâ hún lia̍p ling tê,tsia̍h buē tio̍h,ē uàn tsheh!

《千金譜2.0》——改換新意講台灣

全糖半糖無愛糖,少冰去冰未脫箠,
tsuân thn̂g puànn thn̂g bô ài thn̂g,tsió ping khì ping bē thut tshuê,

熱人冰冰來一杯,較贏佇遐褪腹裼。
juah lâng ping ping lâi tsit pue,khah iânn tī hia thǹg pak theh。

好食物,講規套,臺灣那食那迌,
hó tsiah mih,kóng kui thò,tâi uân ná tsiah ná tshit thô,

基隆廟口鼎邊趖,燒賣較大拳頭母,
ke lâng biō kháu tiánn pinn sô,siau māi khah tuā kûn thâu bó,

啖糝一下

tsi-kut-lah⁷人人攏呵咾。
tsi-kut-lah lâng lâng lóng o ló。

流浪到淡水,a-geh一碗莫囉嗦,
liû lōng kàu tām tsuí, a-geh tsi̍t uánn mài lo so,

金山出番薯,按怎料理攏總好,
kim san tshut han tsî, án tsuánn liāu lí lóng tsóng hó,

貢寮石花凍,小卷米粉無食心會慒。
kòng liâu tsio̍h hue tòng, sió kńg bí hún bô tsia̍h sim ē tso。

臺北人,愛風騷,
tâi pak lâng, ài hong so,

牛肉麵節排規桌,啥人好食看投票。
gû bah mī tseh pâi kui toh,siánn lâng hó tsiah khuànn tâu phiò。

龍潭塗豆糖,芳芳軟軟,
liông thâm thôo tāu thńg,phang phang nńg nńg,

袂黏喙齒佮牙槽。
bē liâm tshuì khí kah gê tsô。

新竹鴨肉飯,貢丸佮米粉,
sin tik ah bah pn̄g,kòng uân kah bí hún,

攑頭就揣著,欲食趁燒烙。
giah thâu tō tshuē tioh,beh tsiah thàn sio lō。

苗栗客人庄，出名粿仔條，
biâu lik kheh lâng tsng，tshut miâ kué á tiâu，

嘛有菜包粿，菜頭絲參肉燥上止枵。
mā ū tshài pau kué，tshài thâu si tsham bah sò siōng tsí iau。

臺中人，攏會曉，麻芛湯，是好料，
tâi tiong lâng，lóng ē hiáu，muâ ínn thng，sī hó liāu，

熱人來一碗，營養退火伊上勢，
juah lâng lâi tsit uánn，îng ióng thè hué i siōng gâu，

猶有大麵羹，千萬毋通共落勾。
iáu ū tuā mī kinn，tshian bān m̄ thang kā làu kau。

《千金譜2.0》──改換新意講台灣

彰化肉圓酥閣飯,骨髓湯著提來鬥,
tsiong huà bah uân soo koh khiū,kut tshué thng tio̍h the̍h lâi tàu,

炕肉飯,二十四點鐘,予你食未了。
khòng bah pn̄g,jī tsa̍p sì tiám tsing,hōo lí tsia̍h bē liáu。

南投意麵滿街口,特色就是麵細條。
lâm tâu ì mī muá ke kháu,ti̍k sik tō sī mī sè tiâu。

北港鴨肉羹,濫醋好氣味,
pak káng ah bah kinn,lām tshòo hó khì bī,

斗六鰇魚喙,那食喙那呸。
táu la̍k jiû hî tshuì,ná tsia̍h tshuì ná phuì。

嘉義雞肉飯,對透早食到半暝,
ka gī ke bah pn̄g,uì thàu tsá tsiah kàu puànn mî,

筒仔米糕是兩重,飯佮肉燥是分開,
tâng á bí ko sī nn̄g tîng,pn̄g kah bah sò sī hun khui,

涼麵加白醋,實在真稀奇。
liâng mī ka péh tshòo,sit tsāi tsin hi kî。

臺南牛肉湯,早頓就開始,
tâi lâm gû bah thng,tsá tǹg tō khai sí,

閣有蝦仁飯、鱔魚麵,個的特色是較甜。
koh ū hê jîn pn̄g、siān hî mī,in ê tik sik sī khah tinn。

《千金譜2.0》——改換新意講台灣

高雄大港都,旗津oo-lián有海味,
ko hiông tuā káng too,kî tin oo-lián ū hái bī,

岡山羊肉爐、仁武烘鴨肉,
kong san iûnn bah lôo,jîn bú hang ah bah,

芳貢貢的燒肉飯,逐家呵咾會觸舌。
phang kòng kòng ê sio bah pn̄g,ta̍k ke o ló ē tak tsi̍h。

屏東飯湯古早味,稻仔割了來止飢,
pîn tong pn̄g thng kóo tsá bī,tiū á kuah liáu lâi tsí ki,

旗魚oo-lián咬落去,原來煠卵內底覕,
kî hî oo-lián kā loh khì,guân lâi sa̍h nn̄g lāi té bih,

啖糝一下

雙糕潤、綠豆蒜、燒冷冰，來加持，
siang ko jūn、li̍k tāu suàn、sio líng ping，lâi ka tshî，

攏是細漢的記持，若是欲買緊排隊。
lóng sī sè hàn ê kì tî，nā sī beh bé kín pâi tuī。

你若來臺東，榕仔跤相等，
lí nā lâi tâi tang，tshîng á kha sio tán，

一碗米篩目，柴魚掖佇伊頂懸，
tsi̍t uánn bí thai ba̍k，tshâ hî iā tī i tíng kuân，

古法製造豆皮店，欲食排隊真稀罕。
kóo huat tsè tsō tāu phuê tiàm，beh tsia̍h pâi tuī tsin hi hán。

《千金譜2.0》——改換新意講台灣

花蓮玉里麵,大骨湯來幫贊,
hua liân giȯk lí mī,tuā kut thng lâi pang tsàn,

麻糍一喙芳,幸福滋味有夠讚。
muâ tsî tsı̍t tshuì phang,hīng hok tsu bī ū kàu tsán。

宜蘭牛舌餅,口味真濟款,
gî lân gû tsı̍h piánn,kháu bī tsin tsē khuán,

三星蔥仔餅⑧,包蔥仔珠誠大範,
sam sing tshang á piánn,pau tshang á tsu tsiânn tuā pān,

卜肉就是糋肉條,你若無食會怨嘆。
pok bah tō sī tsìnn bah tiâu,lí nā bô tsiȧh ē uàn thàn。

啖糝一下

講到遮,愛緊旋,
kóng kàu tsia,ài kín suan,

喙瀾簇簇滴,強欲顧人怨,
tshuì nuā tshok tshok tih,giōng beh kòo lâng uàn,

美麗寶島是臺灣,上媠風景就是人,
bí lē pó tó sī tâi uân,siōng suí hong kíng tō sī lâng,

各地點心紹介完,愛食啥物家己攢,
kok tē tiám sim siāu kài uân,ài tsiah siánn mih ka tī tshuân,

若有興趣走一輾,美食之島就是咱。
nā ū hìng tshù tsáu tsit liàn,bí sit tsi tó tō sī lán。

《千金譜2.0》──改換新意講台灣

詞語解釋

① 番薯糒：地瓜球
② 蝦肉餅：月亮蝦餅
③ thián-pú-lah：甜不辣
④ a-geh：阿給
⑤ 薁蕘：愛玉
⑥ 搣茶：手搖飲
⑦ tsi-kut4-lah：吉古拉
⑧ 蔥仔餅：蔥油餅

三月瘖媽祖

sann gue̍h siáu má tsóo

《千金譜2.0》──改換新意講台灣

唐山過臺灣,心肝結規丸,
tn̂g suann kuè tâi uân,sim kuann kiat kui uân,

三留六死一回頭,向望新生好開端。
sann lâu la̍k sí tsi̍t huê thâu,ǹg bāng sin sing hó khai tuan。

東方海神無簡單,逐項代誌伊攏管,
tang hong hái sîn bô kán tan,ta̍k hāng tāi tsì i lóng kuán,

降妖除魔、禦災抗旱、救苦救難……
hâng iau tî môo、gī tsai khòng hān、kiù khóo kiù lān……

二戰美軍來爆擊，空手接彈真稀罕，
jī tsiàn bí kun lâi po̍k ki̍k，khang tshiú tsiap tuānn tsin hi hán，

天上聖母護眾生，保庇咱安全。
thian siōng sìng bú hōo tsiòng sing，pó pì lán an tsuân。

三月二三媽祖生，進香出巡大動員，
sann gue̍h jī sann má tsóo sinn，tsìn hiunn tshut sûn tāi tōng uân，

苗栗白沙屯，臺中大甲媽，名聲迵臺灣，
biâu li̍k pe̍h sua tun，tâi tiong tāi kah má，miâ siann thàng tâi uân，

《千金譜2.0》——改換新意講台灣

信眾虔誠綴咧幾十萬。
sìn tsiòng khiân sîng tuè leh kuí tsȧp bān。

報馬仔穿插無簡單,行長善,攑長傘,
pò bé á tshīng tshah bô kán tan,hîng tn̂g siān,giȧh tn̂g suànn,

明辨是非掛目鏡,倒穿裌仔①知冷暖,
bîng piān sī hui kuà bȧk kiànn,tò tshīng kah á ti líng luán,

行代先,拍鑼通知咱,
kiânn tāi sing,phah lô thong ti lán,

頭旗、頭燈、三仙旗,開路鼓隊真壯觀,
thâu kî、thâu ting、sam sian kî,khui lōo kóo tuī tsin tsòng kuan,

順風耳、千里眼,各種陣頭鬥幫贊,
sūn hong ní、tshian lí gán、kok tsióng tīn thâu tàu pang tsàn,

祈求風調雨也順,神兵神將來支援,
kî kiû hong tiâu ú iā sūn,sîn ping sîn tsiòng lâi tsi uān,

恭接聖母的輦轎,信徒跪佇塗跤等,
kiong tsih sìng bú ê lián kiō,sìn tôo kuī tī thôo kha tán,

躼轎跤求順序、硩轎金保平安,
nǹg kiō kha kiû sūn sī、teh kiō kim pó pîng an,

九工八暗才回鑾,回駕安座算圓滿。
káu kang peh àm tsiah huê luân,huê kà an tsō sǹg uân buán。

一路信徒捐食食,顧咱三頓免操煩,
tsi̍t lōo sìn tôo kuan tsia̍h si̍t,kòo lán sann tǹg bián tshau huân,

包仔饅頭參肉粽,予人洗身軀兼過暗,
pau á bân thô tsham bah tsàng,hōo lâng sé sing khu kiam kuè àm,

開放學校,予咱歇喘,
khai hòng ha̍k hāu,hōo lán hioh tshuán,

展現善良熱情有夠讚。
tián hiān siān liông jia̍t tsîng ū kàu tsán。

三月痟媽祖，感受民俗信仰的溫暖，
sann gue̍h siáu má tsóo，kám siū bîn sio̍k sìn gióng ê un luán，

這是珍貴的資產，予世界看著咱，
tse sī tin kuì ê tsu sán，hōo sè kài khuànn tio̍h lán，

上有人情味的臺灣！
siōng ū jîn tsîng bī ê tâi uân！

《千金譜2.0》──改換新意講台灣

詞語解釋
① 裇仔：背心

城隍夜巡諸羅城

sîng hông iā sûn tsu lô siânn

《千金譜2.0》──改換新意講台灣

臺灣第一城,諸羅舊地名,
tâi uân tē it siânn,tsu lô kū tē miâ,

到今三百冬,三大古廟頭一名,
kàu tann sann pah tang,sann tuā kóo biō thâu tsit miâ,

國定古蹟就佇遮。
kok tīng kóo tsik tō tī tsia。

夜審陰、日判陽,賞罰分明城隍爺,
iā sím im、ji̍t phuànn iông,siúnn hua̍t hun bîng sîng hông iâ,

陰陽介管,伊是地方的司法官,
im iông kài kuán,i sī tē hng ê su huat kuann,

趕孤魂、驅陰邪,護善除惡真猛掠。
kuánn koo hûn、khu im siâ,hōo siān tî ok tsin mé liah。

八月初一時間定,相招做陣去廟埕。
peh gueh tshe it sî kan tiānn,sio tsio tsò tīn khì biō tiânn。

城隍夜巡金風起,威靈護佑番薯仔囝。
sîng hông iā sûn kim hong khí,ui lîng hōo iū han tsî á kiánn。

大二爺、什家將、文武判、
tuā jī iâ、sip ka tsiòng、bûn bú phuànn、

《千金譜2.0》──改換新意講台灣

四大神秋冬春夏、四將軍甘柳范謝,
sì tuā sîn tshiu tang tshun hā、sì tsiong kun kam liú huān tsiā、

陣頭聲勢大,閣有𤆬路小鬼、刑具爺,
tīn thâu siann sè tuā,koh ū tshuā lōo sió kuí、hîng kū iâ,

捕快攑刀兩爿徛,犯人押束關囚車,
pōo khuài giȧh to lńg pîng khiā,huān lâng ap sok kuinn siû tshia,

也有夯枷綴咧行,鬥鬧熱毋管大人抑囡仔。
iā ū giâ kê tuè leh kiânn,tàu lāu jia̍t m̄ kuán tuā lâng ia̍h gín á。

孽鏡台、生死簿、地獄糊油鼎,
giȧt kiànn tâi、sinn sí phōo、tē gȧk tsìnn iû tiánn,

看著心會驚,教咱歹路毋通行,
khuànn tiȯh sim ē kiann,kà lán pháinn lōo m̄ thang kiânn,

相信神明有靈聖,死後絕對袂饒赦。
siong sìn sîn bîng ū lîng siànn,sí āu tsuȧt tuì bē jiâu sià。

市區遊街煞,稟報城隍爺,逐家罪孽已寬赦。
tshī khu iû ke suah,pín pò sîng hông iâ,tȧk ke tsuē giȧt í khuan sià。

上尾手,孤魂野鬼眾人驚,
siōng bué tshiú,koo hûn iá kuí tsìng lâng kiann,

《千金譜2.0》──改換新意講台灣

無清氣的物件愛盡摒,
bô tshing khì ê mi̍h kiānn ài tsīn piànn,

掃街角、清路口,貪戀人間的歹物仔,
sàu ke kak、tshing lōo kháu,tham luān jîn kan ê pháinn mi̍h á,

共個掃甲無半隻,予咱生活免驚惶,
kā in sàu kah bô puànn tsiah,hōo lán sing ua̍h bián kiann hiânn,

保護逐家四境平安、健康閣勇健。
pó hōo ta̍k ke sù kíng pîng an,kiān khong koh ióng kiānn。

東港王船祭

tang káng ông tsûn tsè

《千金譜2.0》──改換新意講台灣

古早的時陣,大陸放王船,
kóo tsá ê sî tsūn,tāi lio̍k pàng ông tsûn,

送瘟疫兼驅災殃。
sàng un ia̍h kiam khu tsai iong。

王船綴著海波浪,對咱臺灣海邊衝,
ông tsûn tuè tio̍h hái pho lōng,tuì lán tâi uân hái pinn tshiong,

拄著王船來拜訪,好好款待袂使擋,
tú tio̍h ông tsûn lâi pài hóng,hó hó khuán thāi bē sái tòng,

山珍海味食予爽,恭送伊遊地河去無蹤,
san tin hái bī tsia̍h hōo sóng,kiong sàng i iû tē hô khì bû tsong,

東港王船祭

莫予瘟神疫鬼來作弄。
mài hōo un sîn iah kuí lâi tsok lōng。

燒王船佇東港鄉，平安祭典來迎王，
sio ông tsûn tī tang káng hiong，pîng an tsè tián lâi gîng ông，

卅六進士誰出訪，玉皇大帝來敕封，
sap lak tsìn sū suî tshut hóng，giok hông tāi tè lâi thik hong，

代天巡狩萬民崇。
tāi thian sûn siù bān bîn tsông。

東港東隆宮、南州代天府、琉球三隆宮，
tang káng tong liông kiong，lâm tsiu tāi thian hú，liû kiû sam liông kiong，

《千金譜2.0》──改換新意講台灣

溫、朱、池三王爺是主人公,
un、tsu、tî sann ông iâ sī tsú lâng kong,

遊縣食縣,遊府食府真大方。
iû kuān tsiah kuān,iû hú tsiah hú tsin tāi hong。

三年一科祭典真隆重,
sann nî tsit kho tsè tián tsin liông tiōng,

十三科儀辦理著照章:
tsap sann kho gî pān lí tioh tsiàu tsiong:

角頭輪任、安中軍府、造王船媠閣輝煌,
kak thâu lûn jīm、an tiong kun hú、tsō ông tsûn suí koh hui hông,

進表、設府閣請王，恭迎降駕有份量，
tsìn piáu、siat hú koh tshiánn ông，kiong gîng kàng kà ū hūn liōng，

過火、繞境和祀王，跋桮請示好參詳，
kuè hué、jiàu kíng hām tshāi ông，puah pue tshíng sī hó tsham siông，

遷船、壓煞佮宴王，鬧熱滾滾真樂暢，
tshian tsûn、ap suah kah iàn ông，lāu jia̍t kún kún tsin lo̍k thiòng，

神轎、藝陣全信眾，海邊相峽等送王，
sîn kiō、gē tīn tsuân sìn tsiòng，hái pinn sio kheh tán sàng ông，

搬貢品、疊金紙,無閒咧走傱,
puann kòng phín、thia̍p kim tsuá,bô îng leh tsáu tsông,

奉送眾神遊天河,王船燒甲旺旺旺,
hōng sàng tsìng sîn iû thian hô,ông tsûn sio kah ōng ōng ōng,

回轉繳旨南天宮。
huê tsuán kiáu tsí lâm thian kiong。

保庇百姓身體健康,
pó pì peh sènn sin thé kiān khong,

國運興隆,氣勢衝衝衝。
kok ūn hing liông,khì sè tshiong tshiong tshiong。

內門宋江陣
lāi mn̂g sòng kang tīn

《千金譜2.0》——改換新意講台灣

深山林內羅漢門,易守難攻是重鎮,
tshim suann nâ lāi lô hàn mn̂g,ī siú lân kong sī tiōng tìn,

日人改制,內門名換新,
ji̍t jîn kái tsè,lāi mn̂g miâ uānn sin,

藝陣之鄉,講的就是佢。
gē tīn tsi hiong,kóng ê tō sī in。

國姓部將避清兵,羅漢深山來釘根,
kok sìng pōo tsiòng pī tshing ping,lô hàn tshim suann lâi tìng kin,

為著保性命,結團來練陣,
uī tio̍h pó sènn miā,kat thuân lâi liān tīn,

內門宋江陣

觀音佛祖慶生日，逐家表演宋江陣，
kuan im hút tsóo khìng senn jit，tak ke piáu ián sòng kang tīn，

迎鬧熱踅境，鄉民團結鬥相伨。
ngiâ lāu jiat seh kíng，hiong bîn thuân kiat tàu sio thīn。

陣頭有文武，
tīn thâu ū bûn bú，

南管、牛犁陣，桃花過渡、大鼓陣，
lâm kuán、gû lê tīn、thô hue kuè tōo、tuā kóo tīn，

五花十色的文陣。
gōo hue tsap sik ê bûn tīn。

《千金譜2.0》──改換新意講台灣

龍陣、獅陣、宋江陣,氣勢十足的武陣。
lîng tīn、sai tīn、sòng kang tīn,khì sè tsa̍p tsiok ê bú tīn。

橫山、茅埔宋江陣,平埔元素园內面,
huînn suann、hmˆ poo sòng kang tīn,pînn poo guân sòo khǹg lāi bīn,

踢跤跳、呻雞睨,展現拍獵著謹慎。
that kha thiàu,tshan ke bih,tián hiān phah la̍h tio̍h kín sīn。

也有水滸宋江陣,好漢上場先拍面。
iā ū tsuí hóo sòng kang tīn,hó hàn tsiūnn tiûnn sing phah bīn。

迎佛祖，聚民心，人山人海，挨挨陣陣，
ngiâ hut tsóo，tsū bîn sim，jîn san jîn hái，e e tīn tīn，

一路隨香真虔誠，感受信仰好精神。
tsit lōo suî hiunn tsin khiân sîng，kám siū sìn gióng hó tsing sîn。

敬拜神明，案內佳賓，辦桌文化蓋頂真，
kìng pài sîn bîng，àn nāi ka pin，pān toh bûn huà kài tíng tsin，

內門總鋪師，全臺第一品。
lāi mn̂g tsóng phòo sai，tsuân tâi tē it phín。

《千金譜2.0》──改換新意講台灣

飯湯羅漢餐,食迵海來款待恁,
pn̄g thng lôo hàn tshan,tsia̍h thàng hái lâi khuán thāi lín,

實在予咱足感心。
si̍t tsāi hōo lán tsiok kám sim。

客家義民祭

kheh ka gī bîn tsè

客家過臺灣,生活無簡單,
kheh ka kuè tâi uân,sing uah bô kán tan,

開墾來種田,拄著山賊傷拗蠻,
khai khún lâi tsìng tshân,tú tioh suann tshat siunn áu bân,

耕地水源起爭端,鄉民組織義民團,
king tē tsuí guân khí tsing tuan,hiong bîn tsóo tsit gī bîn thuân,

開疆闢土,毋驚艱難。
khai kiong pik thóo,m̄ kiann kan lân。

朱一貴、林爽文,徛旗來造反,
tsu it kuì、lîm sóng bûn,khiā kî lâi tsō huán,

客家義民祭

義勇軍，衛鄉土，犧牲無怨嘆。
gī ióng kun，uē hiong thóo，hi sing bô uàn thàn。

感謝眾勇士，義膽閣忠肝，
kám siā tsiòng ióng sū，gī tám koh tiong kan，

當做是祖先，合葬起廟共奉祀，
tòng tsò sī tsóo sian，háp tsòng khí biō kā hōng sāi，

普渡輪庄來總管，牲禮祭拜好好仔攢。
phóo tōo lûn tsng lâi tsóng kuán，sing lé tsè pài hó hó á tshuân。

苙燈篙，引孤魂，大士爺坐頂懸，
tshāi ting ko，ín koo hûn，tāi sū iâ tsē tíng kuân，

《千金譜2.0》——改換新意講台灣

外台戲,保平安,鬧熱滾滾真壯觀!
guā tâi hì, pó pîng an, lāu jia̍t kún kún tsin tsòng kuan!

神豬比賽,祭品豐沛閣大範,
sîn ti pí sài, tsè phín phong phài koh tuā pān,

客家義民節,特別信仰永久傳,
kheh ka gī bîn tseh, ti̍k pia̍t sìn gióng íng kiú thuân,

表達敬意佮懷念,盛大祭拜真圓滿!
piáu ta̍t kìng ì kah huâi liām, sīng tāi tsè pài tsin uân buán!

交通工具
kau thong kang kū

《千金譜2.0》──改換新意講台灣

過去艱苦命,逐家歹生活,
kuè khì kan khóo miā, ta̍k ke pháinn sing ua̍h,

盡靠一雙跤,出門步輦硞硞行。
tsīn khò tsi̍t siang kha, tshut mn̂g pōo lián kho̍k kho̍k kiânn。

上好是有獨輪車,予你騎甲規身汗。
siōng hó sī ū to̍k lián tshia, hōo lí khiâ kah kui sin kuānn。

作穡駛牛車,有錢人騎馬四界行,
tsoh sit sái gû tshia, ū tsînn lâng khiâ bé sì kè kiânn,

交通工具

坐轎的人是做官，有錢捐官拚虛華，
tsē kiō ê lâng sī tsò kuann，ū tsînn kuan kuann piànn hi hua，

也有載客三輪車，彎街斡角攏有伊形影。
iā ū tsài kheh sann lián tshia，uan ke uat kak lóng ū i hîng iánn。

時代進步坐客運，南北二路載你行。
sî tāi tsìn pōo tsē kheh ūn，lâm pak jī lōo tsài lí kiânn。

若欲環島去𨑨迌，長途較遠坐火車，
nā beh khuân tó khì tshit thô，tn̂g tôo khah hn̄g tsē hué tshia，

《千金譜2.0》——改換新意講台灣

蒸汽火車燒塗炭,烏煙衝甲無奈何,
tsing khì hué tshia sio thôo thuànn,oo ian tshìng kah bô ta uâ,

為著環境愛保護,改換食電的mòo-tà①。
uī tiỏh khuân kíng ài pó hōo,kái uānn tsiảh tiān ê mòo-tà。

慢慢仔硞,寬寬仔行,
bān bān á khỏk,khuann khuann á kiânn,

載著回鄉的你我,轉來咱庄跤。
tsài tiỏh huê hiong ê lí guá,tńg lâi lán tsng kha。

oo-tóo-bái,有夠奅,
oo-tóo-bái,ū kàu phānn,

交通工具

好膦好踅好停車,少年的騎咧兌小姐。
hó nǹg hó sėh hó thîng tshia,siàu liân ê khiâ leh phānn sió tsiá。

su-khù-tà②、Vespa③、野狼仔,
su-khù-tà、bí-sū-pà、iá lông á,

人人看著想欲騎。
lâng lâng khuànn tiȯh siūnn beh khiâ。

電動機車上時行,無汙染閣攏袂吵。
tiān tōng ki tshia siōng sî kiânn,bô u jiám koh lóng bē tshá。

重型機車展風神,袂輸踏風火輪的李哪吒,
tāng hîng ki tshia tián hong sîn,bē su tȧh hong hué lûn ê lí lô tshia,

《千金譜2.0》——改換新意講台灣

相招來比並,啥人較奢颺。
sio tsio lâi pí phīng, siánn lâng khah tshia iānn。

生活較冗剩,家家戶戶駛轎車,
sing uah khah liōng siōng, ke ke hōo hōo sái kiâu tshia,

國產裕隆仔,上早的國民車,
kok sán jū liông á, siōng tsá ê kok bîn tshia,

日本美國歐洲車,啥物新型攏佇遮,
jit pún bí kok au tsiu tshia, siánn mih sin hîng lóng tī tsia,

油電複合科技車,自動駕駛毋免驚。
iû tiān hok hap kho kī tshia, tsū tōng kà sú m̄ bián kiann。

小生理人咧載貨,方便四序發財仔。
sió sing lí lâng leh tsài huè,hong piān sù sī huat tsâi á。

大間工廠欲出貨,就駛貨車佮卡車。
tuā king kang tshiúnn beh tshut huè,tō sái huè tshia kah khá tshia。

國內小旅遊,人濟就包遊覽車,
kok lāi sió lí iû,lâng tsē tō pau iû lám tshia。

都市街路窒窒滇,捷運載你四界行。
too tshī ke lōo that that tīnn,tsia̍t ūn tsài lí sì kè kiânn。

親像塗龍鑽塗跤。
tshin tshiūnn thôo lîng tsǹg thôo kha。

《千金譜2.0》──改換新意講台灣

愛方便、手一下攑,欲佗攏坐計程車。
ài hong piān,tshiú tsi̍t ē gia̍h,beh tó lóng tsē kè thîng tshia。

趕時間、坐高鐵,到位拄好睏甲飽。
kuánn sî kan,tsē ko thih,kàu uī tú hó khùn kah pá。

飛行機、大閣闊,旅行坐伊去國外。
pue lîng ki,tuā koh khuah,lú hîng tsē i khì kok guā。

趨步車,趨咧走,囡仔騎去攏袂吵。
tshu pōo tshia,tshu leh tsáu,gín á khiâ khì lóng bē tshá。

交通工具

綠島蘭嶼佮澎湖,欲去外島行水路,
lik tó lân sū kah phînn ôo,beh khì guā tó kiânn tsuí lōo,

船仔幌甲真艱苦,逐家眩船強欲吐。
tsûn á hàinn kah tsin kan khóo,ta̍k ke hîn tsûn giōng beh thòo。

也有豪華大遊輪,好食好耍好散步,
iā ū hô huâ tuā iû lûn,hó tsia̍h hó sńg hó sàn pōo,

看表演、跳曼波,毋驚透風佮落雨,
khuànn piáu ián、thiàu bàn-pò,m̄ kiann thàu hong kah lo̍h hōo,

機關藏甲規倉庫。
ki kuan tshàng kah kui tshng khòo。

《千金譜2.0》──改換新意講台灣

愛耍水、去南部,水上oo-tóo-bái免基礎,
ài sńg tsuí、khì lâm pōo,tsuí siōng oo-tóo-bái bián ki tshóo,

水面衝湧真風騷,逐家曝甲面烏烏。
tsuí bīn tshiong íng tsin hong so,ta̍k ke pha̍k kah bīn oo oo。

交通工具有夠濟,選著萬事袂耽誤,
kau thong kang kū ū kàu tsē,suán tio̍h bān sū bē tam gōo,

若是路頭較生疏,趕緊google看地圖,
nā sī lōo thâu khah tshinn soo,kuánn kín google khuànn tē tôo,

交通工具

燕路揣路無藏步，才袂戇戇駛規晡。
tshuā lōo tshuē lōo bô tshàng pōo，tsiah bē gōng gōng sái kui poo。

《千金譜2.0》──改換新意講台灣

詞語解釋

① mòo-tà:馬達
② su-khù-tà:速可達
③ Vespa:偉士牌

漢醫
hàn i

《千金譜2.0》──改換新意講台灣

世事袂按算,好歹會照輪,
sè sū bē àn sǹg,hó pháinn ē tsiàu lûn,

身體無爽快,傳統漢醫有憑準,
sin thé bô sóng khuài,thuân thóng hàn i ū pîng tsún,

望聞問切來徵詢,節脈診斷揣病本。
bōng bûn būn tshiat lâi tin sûn,tsiat me̍h tsín tuàn tshuē pīnn pún。

先生開藥單,漢藥店拆藥,
sian sinn khui io̍h tuann,hàn io̍h tiàm thiah io̍h,

藥鈷仔①來煎藥,藥湯較苦嘛著吞,
io̍h kóo á lâi tsuann io̍h,io̍h thng khah khóo mā tio̍h thun,

漢醫

中醫治標兼治本，身苦病疼攏平順。
tiong i tī phiau kiam tī pún，sin khóo pīnn thiànn lóng pîng sūn。

上驚傷筋骨，骨折閣脫輪，
siōng kiann siong kin kut，kut tsi̍h koh thut lûn，

想著人就懍，毋管偌疼愛吞忍，
siūnn tio̍h lâng tō lún，m̄ kuán guā thiànn ài thun lún，

看是靠著②踅著③跤，挵著④硞著⑤手袂伸，
khuànn sī khò tio̍h uáinn tio̍h kha，lòng tio̍h kho̍k tio̍h tshiú bē tshun，

《千金譜2.0》──改換新意講台灣

擠著⑥關節春著⑦肉，閃著扭著拐著筋，
tsik tio̍h kuan tsat tsing tio̍h bah，siám tio̍h láu tio̍h kuāinn tio̍h kun，

烏青凝血、跤麻手痺、氣血袂順，
oo tshinn gîng huih、kha bâ tshiú pì、khì hiat bē sūn，

捶扳⑧揉閣挼⑨，藥洗抹閣撋⑩，
tuî pán giú koh juê，io̍h sé buah koh nuá，

接骨抑撨骨，艾綿吊杯提來熏，
tsiap kut ia̍h tshiâu kut，hiānn mî tiàu pue the̍h lâi hun，

漢醫

掠筋解鬱敨中氣,針灸鑿落攏出運。
liàh kin kái ut tháu tiong khuì,tsiam kù tshàk ióh lóng tshut ūn。

赤跤仙仔,講話有空無榫,
tshiah kha sian á,kóng uē ū khang bô sún,

迷信秘方,實在戇甲有賰,
bê sìn pì hng,sit tsāi gōng kah ū tshun,

便藥仔,毋通捎咧烏白囫,
piān ióh á,m̄ thang sa leh oo péh hut,

毋拄好,拍歹身體真蝕本,
m̄ tú hó,phah pháinn sin thé tsin sih pún,

《千金譜2.0》──改換新意講台灣

正港醫生館,有牌有分寸,
tsiànn káng i sing kuán,ū pâi ū hun tshùn,

技術設備總齊勻,健康保障就包穩。
kī sút siat pī tsóng tsiâu ûn,kiān khong pó tsiong tō pau ún。

漢醫

詞語解釋

① 藥鈷仔：藥壺
② 靠著：碰撞
③ 踅著：扭傷
④ 挵著：碰撞敲打
⑤ 硞著：敲打到
⑥ 擠著：關節突受壓力，不及伸展受傷
⑦ 舂著：擊打、撞、揍
⑧ 扳：用力向某一方向拉
⑨ 挼：揉、搓
⑩ 撋：以手用力推揉、搓揉

《千金譜2.0》──改換新意講台灣

西醫

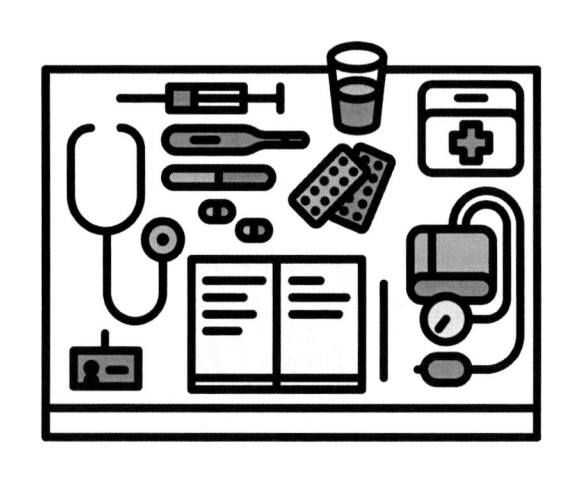

se i

《千金譜2.0》──改換新意講台灣

明朝尾,清朝初,十七世紀時,
bîng tiâu bué,tshing tiâu tshe,tsa̍p tshit sè kí sî,

傳教士傳教,帶來醫藥新科技,
thuân kàu sū thuân kàu,tuà lâi i io̍h sin kho kī,

眼科和外科,看病開始有西醫,
gán kho hām guā kho,khuànn pīnn khai sí ū se i,

到今三百年,醫療設施滿街市,
kàu tann sann pah nî,i liâu siat si muá ke tshī,

小病診所來處理,嚴重轉去大病院,
sió pīnn tsín sóo lâi tshú lí,giâm tiōng tsuán khì tuā pīnn īnn,

西醫

也有健保來加持,免驚醫藥費納袂起。
iā ū kiān pó lâi ka tshî, bián kiann i io̍h huì la̍p bē khí。

西醫有分科,掛號免猜疑,
se i ū hun kho, kuà hō bián tshai gî,

若是拂毋著,延誤治療好時機。
nā sī hut m̄ tio̍h, iân gōo tī liāu hó sî ki。

醫學之母是內科,心臟內科佮呼吸,
i ha̍k tsi bó sī lāi kho, sim tsōng lāi kho kah hoo khip,

肝膽胃腸和腰子,血液腫瘤內分泌,
kuann tánn uī tn̂g hām io tsí, hiat i̍k tsíng liû lāi hun pì,

《千金譜2.0》——改換新意講台灣

神經傳染交免疫,猶有兒科參風濕,
sîn king thuân jiám kiau bián i̍k,iáu ū jî kho tsham hong sip,

攏算內科免懷疑。
lóng sǹg lāi kho bián huâi gî。

開刀的代誌,外科手術鬥處理,
khui to ê tāi tsì,guā kho tshiú su̍t tàu tshú lí,

心臟胸坎、器官移植、重建整形、予你變媠,
sim tsōng hing khám、khì kuan î si̍t、tiông kiàn tsíng hîng、hōo lí piàn suí,

攏嘛會使去揣伊。
lóng mā ē sái khì tshuē i。

西醫

囡仔看小兒,啥物攏管是家醫,
gín á khuànn sió jî, siánn mih lóng kuán sī ka i,

眼科、皮膚、喉耳鼻,
gán kho、phuê hu、âu hīnn phīnn,

佗位無四序,對症共醫治。
tó uī bô sù sī, tuì tsìng kā i tī。

婦癌更年期,有身病囝啥禁忌,
hū gâm king liân kî, ū sin pīnn kiánn siánn kìm khī,

骨頭含梢①、不孕袂生、內分泌,
kut thâu hâm sau, put īn bē sinn、lāi hun pì,

159

《千金譜2.0》──改換新意講台灣

婦科先進的機器,逐家會使罔共試。
hū kho sian tsìn ê ki khì,ták ke ē sái bóng kā tshì。

運動傷害,關節退化,外傷骨折,
ūn tōng siong hāi,kuan tsat thè huà,guā siong kut tsih,

腰脊骨痠疼,骨科專業保護你,
io tsiah kut sng thiànn,kut kho tsuan giáp pó hōo lí,

也有復健科,物理治療新方式,
iā ū hók kiān kho,bút lí tī liâu sin hong sik,

毋免動手術,根據病情來考慮。
m̄ bián tāng tshiú sút,kin kì pīnn tsîng lâi khó lī。

西醫

神經系統的毛病，慄慄掣、舞蹈症、
sîn king hē thóng ê môo pīnn，la̍k la̍k tshuah、bú tō tsìng、

三叉神經、顏面神經、頭疼糾筋、退化失智、
sam tshe sîn king、gân biān sîn king、thâu thiànn kiù kin、thè huà sit tì、

焦慒內症②佮羊眩③，腰痠背疼歹睏眠，
tsiau tso lāi tsìng kah iûnn hîn，iau sng puè thiànn pháinn khùn bîn，

神經科，先診視，若愛手術時，
sîn king kho，sing tsín sī，nā ài tshiú su̍t sî，

神經外科會處理。
sîn king guā kho ē tshú lí。

《千金譜2.0》——改換新意講台灣

精神科,看啥物?心理狀況來針對,
tsing sîn kho, khuànn siánn mih? sim lí tsōng hóng lâi tsiam tuì,

自律神經失調、憂鬱焦慮、
tsū lu̍t sîn king sit tiâu、iu ut tsiau lī、

情緒敨袂開、暗時睏袂去,
tsîng sī tháu bē khui, àm sî khùn bē khì,

精神科醫生,共你開破兼消除。
tsing sîn kho i sing, kā lí khai phuà kiam siau tî。

泌尿科,膀胱尿道佮腰子,
pì jiō kho, phông kong jiō tō kah io tsí,

西醫

泌尿系統、生殖系統、暗鋩病④,
pì jiō hē thóng、sing sit hē thóng、àm sàm pīnn,

膀胱無力,厚尿放尿洴洴滴,
phông kong bô la̍t, kāu jiō pàng jiō tsha̍p tsha̍p tih,

血尿、失禁、結石疼甲跙袂起,
huih jiō、sit kìm、kiat tsio̍h thiànn kah peh bē khí,

毋通閣考慮,緊揣醫生共排除。
m̄ thang koh khó lī, kín tshuē i sing kā pâi tî。

齒岸定發炎,洗喙血那滴,
khí huānn tiānn huat iām, sé tshuì huih ná tih,

這是牙周病,蛀齒補齒挽喙齒、
tse sī gê tsiu pīnn, tsiù khí póo khí bán tshuì khí、

163

《千金譜2.0》──改換新意講台灣

鬥假喙齒洗齒淌,了時間閣真費氣,
tàu ké tshuì khí sé khí siûnn,liáu sî kan koh tsin huì khì,

交予齒科伮修理。
kau hōo khí kho in siu lí。

健康檢查愛定時,抽血驗尿逼數字,
kiān khong kiám tsa ài tīng sî,thiu huih giām jiō pik sòo jī,

超音波、照電光、躼磅空[5],
tshiau im pho、tsiò tiān kong、nǹg pōng khang,

殘殘共伊翕落去,疑難雜症無地覕。
tshân tshân kā i hip lòh khì,gî lân tsa̍p tsìng bô tè bih。

西醫

感冒嚨喉疼,發燒流鼻水,
kám mōo nâ âu thiànn,huat sio lâu phīnn tsuí,

規工呿呿嗽,診所門診就可以,
kui kang khuh khuh sàu,tsín sóo mn̂g tsín tō khó í,

護理師,鬥注射,藥劑師,包藥仔,
hōo lí su,tàu tsù siā,io̍h tsè su,pau io̍h á,

食飽三粒莫懷疑,保證予你好離離。
tsia̍h pá sann lia̍p mài huâi gî,pó tsìng hōo lí hó lī lī。

2019年,疫情拄開始,
jī khòng it kiú nî,i̍k tsîng tú khai sí,

《千金譜2.0》——改換新意講台灣

酒精消毒水,三不五時噴袂離,
tsiú tsing siau to̍k tsuí,sam put gōo sî phùn bē lī,

衛生署長總指揮,安搭社會的顧慮,
uē sing sū tiúnn tsóng tsí hui,an tah siā huē ê kòo lī,

病院各單位,堅定守原位,
pīnn īnn kok tan uī,kian tīng tsiú guân uī,

日時到暗暝,毋驚病毒來凌遲,
ji̍t sî kàu àm mî,m̄ kiann pīnn to̍k lâi lîng tî,

照顧病人,在所不辭,勇氣無地比。
tsiàu kòo pīnn lâng,tsāi sóo put sî,ióng khì bô tè pí。

西醫

注疫苗,照排隊,抗體會當保護你,
tsù ik biâu,tsiàu pâi tuī,khòng thé ē tàng pó hōo lí,

出門喙掩就掛起,若去染著愛隔離,
tshut mn̂g tshuì am tō kuà khí,nā khì jiám tio̍h ài kik lî,

避免相穢,食睏攏佇房間裡,
pī bián sio uè,tsia̍h khùn lóng tī pâng king lí,

線頂看診真稀奇,拄著病房無床位,
suànn tíng khuànn tsín tsin hi kî,tú tio̍h pīnn pâng bô tshn̂g uī,

《千金譜2.0》──改換新意講台灣

居家照護愛準備,物件消毒拭清氣。
ki ka tsiàu hōo ài tsún pī,mi̍h kiānn siau to̍k tshit tshing khì。

健康欲維持,人人家己愛細膩,
kiān khong beh î tshî,lâng lâng ka tī ài sè jī,

逐家長壽食百二。
ta̍k ke tn̂g siū tsia̍h pah jī。

西醫

詞語解釋

① 含梢：物品老化，質地變酥脆

② 焦懵內症：焦慮症

③ 羊眩：癲癇

④ 暗㲒病：隱疾

⑤ 髏磅空：斷層掃描

《千金譜2.0》──改換新意講台灣

三C世界

sann C sè kài

《千金譜2.0》——改換新意講台灣

世界科技猛，日日新發明，
sè kài kho kī bíng, ji̍t ji̍t sin huat bîng,

做家事，蓋清閒，逐項插電就會用，
tsò ka sū, kài tshing îng, ta̍k hāng tshah tiān tō ē īng,

省時省工閣萬能。
síng sî síng kang koh bān lîng。

較早欲煮飯，燃柴做代先，
khah tsá beh tsú pn̄g, hiânn tshâ tsò tāi sing,

汗那流，煙那熗，猶未煮好先烏面。
kuānn ná lâu, ian ná tshìng, iáu buē tsú hó sing oo bīn。

三C世界

電鍋電磁爐,微波水波爐,
tiān ko tiān tsû lôo,bî pho tsuí pho lôo,

無明火安全閣好用,
bô bîng hué an tsuân koh hó īng,

也有抽油煙機來發明,煮飯毋免受酷刑。
iā ū thiu iû ian ki lâi huat bîng,tsú pn̄g m̄ bián siū khok hîng。

菜蔬佮魚肉,囥踮冰箱冰,
tshài se kah hî bah,khǹg tiàm ping siunn ping,

煮食家私規厝間,毋免舞甲捙跋反。
tsú tsia̍h ke si kui tshù king,m̄ bián bú kah tshia pua̍h píng。

《千金譜2.0》——改換新意講台灣

洗衫機、烘衫機、電敕仔,
sé sann ki、hang sann ki、tiān suh á,

摒掃簡單擔頭輕。
piànn sàu kán tan tànn thâu khing。

電水爐、吹風機,洗身軀洗頭好心情。
tiān tsuí lôo、tshue hong ki,sé sin khu sé thâu hó sim tsîng。

熱人熱甲心袂靜,電風冷氣涼閣冷。
juȧh lâng juȧh kah sim bē tsīng,tiān hong líng khì liâng koh líng。

日頭落山抑烏陰,欲光就開日光燈,
ji̍t thâu lo̍h suann ia̍h oo im,beh kng tō khui ji̍t kong ting,

三C世界

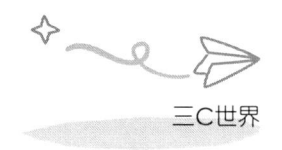

閒閒看電視,濟濟節目在你揀,
îng îng khuànn tiān sī,tsē tsē tsiat bȯk tsāi lí kíng,

若無電話罔共敲,親情朋友講袂停,
nā bô tiān uē bóng kā khà,tshin tsiânn pîng iú kóng bē thîng,

古早聽歌la-jí-ooh,這馬已經退流行。
kóo tsá thiann kua la-jí-ooh,tsim má í king thè liû hîng。

現此時,三C產品有夠衝,
hiān tshú sî,sann C sán phín ū kàu tshìng,

《千金譜2.0》——改換新意講台灣

電腦平板手機仔,若有網路佇線頂,
tiān náu pînn pán tshiú ki á,nā ū bāng lōo tī suànn tíng,

做啥伊攏誠靈敏,少年家仔個上興。
tsò siánn i lóng tsiânn lîng bín,siàu liân ke á in siōng hìng。

電腦、筆電窒倒街,做工課攏袂挨推,
tiān náu、pit tiān that tó ke,tsò khang khuè lóng bē e the,

滑鼠、拍字盤,若無個兩个,
kut tshí、phah jī puânn,nā bô in nn̄g hê,

猛虎插翼嘛難飛。
bíng hóo tshah sit mā lân pue。

三C世界

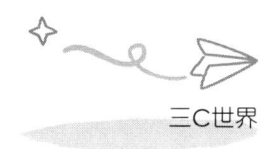

手機仔和平板,攏是用手提,
tshiú ki á hām pînn pán,lóng sī iōng tshiú theh,

點據螢幕真好勢,欲耍欲掰抑是捆,
tiám lu îng bōo tsin hó sè,beh sńg beh pué iah sī huê,

指指伸出來,共伊黜予落去。
kí tsáinn tshun tshut lâi,kā i thuh hōo lueh。

公共場所愛禁聲,鬥耳風較袂失禮,
kong kiōng tiûnn sóo ài kìm siann,tàu hīnn hong khah bē sit lé,

藍牙耳風是無線,行動好控制。
nâ gâ hīnn hong sī bô suànn,hîng tōng hó khòng tsè。

《千金譜2.0》——改換新意講台灣

網路世界玲瑯踅,看甲目睭花,
bāng lōo sè kài lîn lông sèh,khuànn kah bȯk tsiu hue,

翕相敲電話,錄音兼留話,
hip siòng khà tiān uē,lȯk im kiam lâu uē,

看影片聽歌,拍電動寫電子批,
khuànn iánn phìnn thiann kua,phah tiān tōng siá tiān tsú phue,

公文線頂批,病院掛號去看病,
kong bûn suànn tíng phue,pīnn īnn kuà hō khì khuànn pēnn,

三C世界

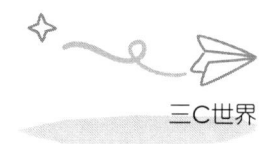

有人拍片講笑詼,做網紅趁錢油洗洗,
ū lâng phah phìnn kóng tshiò khue,tsò bāng hông thàn tsînn iû sé sé,

有人開店做買賣,商城shopping去款貨,
ū lâng khui tiàm tsò bé bē,siong siânn shopping khì khuán huè,

閒就掀面冊,交朋友約會,
îng tō hian bīn tsheh,kau pîng iú iok huē,

開講室,弄喙花,
khai káng sik,lāng tshuì hue,

拄著諞仙仔,真濟拐騙的問題。
tú tio̍h pián sian á,tsin tsē kuái phiàn ê būn tê。

《千金譜2.0》——改換新意講台灣

猶有橐個束個的軟體,google大帝伊攏會,
iáu ū lok kò sok kò ê nńg thé, gú-gōo tāi tè i lóng ē,

學校停課無停學,線頂上課來代替,
ha̍k hāu thîng khò bô thîng o̍h, suànn tíng siōng khò lâi tāi thè,

結數就用啥物pay,手機仔,掃一下,
kiat siàu tō iōng siánn mi̍h pay, tshiú ki á, sàu tsi̍t ē,

美圖軟體,相片變甲妖嬌閣美麗,
bí tôo nńg thé, siòng phìnn pìnn kah iau kiau koh bí lē,

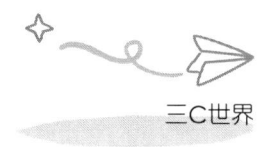

line搝群組,各種團體攏總箍做伙,
line khiú kûn tsóo,kok tsióng thuân thé lóng tsóng khoo tsò hué,

GPS系統,予人知影你佇佗位,
GPS hē thóng,hōo lâng tsai iánn lí tī tué,

古早人學富五車,呵咾人真勢讀冊,
kóo tsá lâng ha̍k hù ngóo ki,o ló lâng tsin gâu tha̍k tsheh,

腦中真書藏萬卷,學問記踮頭殼底。
náu tiong tsin su tsông bān kuàn,ha̍k būn kì tiàm thâu khok té。

《千金譜2.0》──改換新意講台灣

現代人若有五G,世界古籍在你揣,
hiān tāi lâng nā ū gōo G,sè kài kóo tsi̍k tsāi lí tshuē,

資料庫、電子冊,囥佇雲端袂鎮地。
tsu liāu khòo、tiān tsú tsheh,khǹg tī ûn tuan bē tìn tē。

現時上蓋衝,AI著時勢,
hiān sî siōng kài tshìng,AI tio̍h sî sè,

人工智慧是啥貨?竟然會哀會講話,
jîn kang tì huī sī siánn huè?kìng jiân ē ai ē kóng uē,

畫圖寫文章,寫歌編曲袂脫箠,
uē tôo siá bûn tsiong,siá kua pian khiok bē thut tshuê。

資料庫,去搜揣,認真改,袂怨感,
tsu liāu khòo, khì tshiau tshuē, jīn tsin kái, bē uàn tsheh,

歸納、統整、分析、判斷,回答所有的問題。
kui lȧp、thóng tsíng、hun sik、phuànn tuàn, huê tap sóo ū ê būn tê。

朋友矣!
pîng iú ah!

電腦世界十色五花,好好仔運用,效率會加倍,
tiān náu sè kài tsȧp sik gōo hue, hó hó ah ūn iōng, hāu lȧt ē ka puē,

《千金譜2.0》——改換新意講台灣

奉勸逐家,千萬毋通傷痴迷,
hōng khǹg ta̍k ke, tshian bān m̄ thang siunn tshi bê,

若無到尾,人生烏有輸徹底。
nā bô kàu bué, jîn sing oo iú su thiat té。

番外篇～
生活中的日本話

huan guā phinn ~
sing ua̍h tiong ê ji̍t pún uē

《千金譜2.0》——改換新意講台灣

一暝空笑夢,醒來心茫茫,
tsi̍t mê khang tshiò bāng, tshínn lâi sim bâng bâng,

新聞大放送,阮煞變做日本人,
sin bûn tuā hòng sàng, guán suah pìnn tsò ji̍t pún lâng,

予人統治五十冬。
hōo lâng thóng tī gōo tsa̍p tang。

日本話、日本名,閣有io-kha-tà[1]日本衫,
ji̍t pún uē、ji̍t pún miâ, koh ū io-kha-tà ji̍t pún sann,

生活風俗無仝款,年久月深相透濫,
sing ua̍h hong sio̍k bô kāng khuán, nî kú gue̍h tshim sio thàu lām,

哈日族、哈日劇，文化交流來相週，
hah ji̍t tsok、hah ji̍t kio̍k，bûn huà kau liû lâi sio thàng，

日語變啥魍，台語內底藏，
ji̍t gí pìnn siánn báng，tâi gí lāi té tshàng，

講予恁鼻芳，較免恁咧捎無摠。
kóng hōo lín phīnn phang，khah bián lín leh sa bô tsáng。

阿爸是tòo-sàng，阿母是khà-sàng，
a pah sī tòo-sàng，a bú sī khà-sàng，

阿兄是ní-sàng，阿姊是oo-nè-sàng，
a hiann sī ní-sàng，a tsí sī oo-nè-sàng，

《千金譜2.0》——改換新意講台灣

老大人愛叫oo-jí-sáng抑是oo-bá-sáng,
lāu tuā lâng ài kiò oo-jí-sáng iáh sī oo-bá-sáng,

拄著司機就叫ùn-tsiàng,a-ní-khih的地位有較懸。
tú tióh su ki tō kio2 un3-tsiang3,a-ní-khih ê tē uī ū khah kuân。

少年家出業,捾kha-báng②會社去上班,
siàu liân ke tshut-giáp,kuānn kha-báng huē-siā khì siōng pan,

siat-tsut③結ne-kut-tái④,se-bí-looh⑤疊起去,
siat-tsut kat ne-kut-tái,se-bí-looh tháh khí khì,

本篇有些漢字源於日語,底下加一橫線以示其原本是日語。

出門著siat-tooh⁶，愛夯穿甲pha-lí-pha- lí⁷，
tshut mn̂g tio̍h siat-tooh，ài phānn tshīng kah pha-lí-pha- lí，

自我紹介提mè-sì⁸，講生理走na-gá-sih⁹，
tsū ngóo siāu-kài the̍h mè-sì，kóng sing lí tsáu na-gá-sih，

sǎm-phú-luh⁰著預備，人客興啥著暗記，
sǎm-phú-luh tio̍h ió-bih，lâng kheh hìng siánn tio̍h àm-kì，

bì-lù⑪燒酒斟落去，做代誌愛有a-só-bih⑫，
bì-lù sio-tsiú thîn lo̍h khì，tsò tāi tsì ài ū a-só-bih，

khi-móo-tsih⑬若焬,khán-pái⑭拚酒有夠at-sá-lih⑮,
khi-móo-tsih nā giang,khán-pái piànn tsiú ū kàu a̍t-sá-lih,

客戶案內⑯好,khoo-mí-sióng⑰趁甲飽滇飽滇。
kheh hōo àn-nāi hó,khoo-mí-sióng thàn kah pá tīnn pá tīnn。

逐工啉甲馬西馬西,實在真費氣,
ta̍k kang lim kah má se má se,si̍t tsāi tsin huì khì,

人講酒悾無藥醫,頭殼siò-toh⑱歹修理。
lâng kóng tsiú khong bô io̍h i,thâu khak siò-toh pháinn siu-lí。

食晝愛去日本料理，坐佇tha-thá-mih⑲，
tsiáh tàu ài khì jit pún liāu-lí, tsē tī tha-thá-mih,

拭手就用oo-sí-móo-lih⑳，kha-tá-lok-guh㉑
點落去，
tshit tshiú tō iōng oo-sí-móo-lih, kha-tá-lok-guh tiám lóh khì,

味噌湯加oo-lián㉒真合味，
mí-sooh thng ka oo-lián tsin hảh bī,

thah-khooh㉓的壽司，外面包nóo-lih㉔，
thah-khooh ê sú-sih, guā bīn pau nóo-lih,

《千金譜2.0》──改換新意講台灣

上等的thoo-looh㉕ sa-sí-mih㉖，搵ua-sá-bih㉗
豆油上著味，
jió-toh ê thoo-looh sa-sí-mih，ùn ua-sá-bih tāu iû siōng tióh bī，

頭家一下歡喜，sá-bì-sù㉘就予你。
thâu ke tsi̍t ē huann hí，sá-bì-sù tō hōo lí。

月給入口座，褲袋仔敢若貯磅子，
gue̍h-kip ji̍p kháu-tsō，khòo tē á kánn ná té pōng tsí，

月底若無oo-khá-nè㉙，紮便當來渡時機。
gue̍h té nā bô oo-khá-nè，tsah piān-tong lâi tōo sî ki。

業績khòo-tah㉚若到位，利純婿就笑微微，
giȧp tsik khòo-tah nā kàu uī，lī sûn suí tō tshiò bi bi，

公司足感心，招待出國坐飛行機，
kong si tsiok kám-sim，tsiau thāi tshut kok tsē pue-lîng-ki，

海產食食愛注意，無鮮便所走袂離，
hái sán tsiȧh sit ài tsù ì，bô tshinn piān-sóo tsáu bē lī，

tsiù-sù㉛可樂抑是珈琲，清彩你欲啉啥物，
tsiù-sù khòo-là iȧh sī khóo-hí，tshìn tshái lí beh lim siánn mȧh，

193

若忝惢去ma-sà-tsì㉜，biat-tooh㉝著愛hi-nóo-khih㉞。
nā thiám tshuā khì ma-sà-tsì，biat-tooh tio̍h ài hi-nóo-khih。

愛飄撇騎oo-tóo-bái㉟，有錢無錢坐bá-suh㊱，
ài phiau phiat khiâ oo-tóo-bái，ū tsînn bô tsînn tsē bá-suh，

兩輾拖車是li-á-khah，大卡車是thoo-lá-khuh，
nn̄g lián thua tshia sī li-á-khah，tuā khah tshia sī thoo-lá-khuh，

計程仔是tha-khú-sih，舞清楚攏lái-jiòo-bù㊲。
kè thîng á sī tha-khú-sih，bú tshing tshó lóng lái-jiòo-bù。

番外篇～生活中的日本話

駛車愛扞hǎn-tóo-luh㊳，倒退攄就講bak-kuh，
sái tshia ài huānn hǎn-tóo-luh，tò thè lu tō kóng bak-kuh，

換檔khu-lá-tsih㊴繏咧是功夫，
uānn tóng khu-lá-tsih hân leh sī kang hu，

無細膩挵破bàn-bà㊵，你的面就懊嘟嘟，
bô sè jī lòng phuà bàn-bà，lí ê bīn tō àu tū tū，

bat-té-lih㊶無電會痟呴，bak-kuh-mí-á㊷無拭就會霧，
bát-té-lih bô tiān ē he ku，bak-kuh-mí-á bô tshit tō ē bū，

khu-sióng㊸好你就袂頓龜，
khu-sióng hó lí tō bē tǹg ku，

《千金譜2.0》——改換新意講台灣

轉彎閣踅角,方向燈爍一咧ái-sat-tsuh㊹,
tńg uan koh sėh kak,hong hiòng ting sih tsit leh ái-sat-tsuh,

iǎn-jín㊺若用久,著愛mőo-lìng-kuh㊻,
iǎn-jín nā iōng kú,tiȯh ài mőo-lìng-kuh,

thài-ià㊼若phàng-kù㊽,緊敲電話叫師傅。
thài-ià nā phàng-kù,kín khà tiān uē kiò sai hū。

休閒運動有文武,<u>柔道 高爾夫</u>,
hiu hân ūn tōng ū bûn bú,jiû-tō goo-lú-huh,

<u>馬拉松</u>the-ní-suh㊾,phín-phóng㊿ bok-sìn-gù㊿,
ma-lá-sóng the-ní-suh,phín-phóng bȯk-sìn-gù,

196

跳舞嘛有pu-lù-sù㊾,thàn-gòo㊿佮ua-lù-tsuh㊼,
thiàu bú mā ū pu-lù-sù, thàn-gòo kah ua-lù-tsuh,

臺灣上勇是野球,bòo-lù㊽ àu-tsuh㊾ sè-hù㊿,
tâi uân siōng ióng sī iá-kiû, bòo-lù àu-tsuh sè-hù,

投手捕手打擊者,一壘二壘三壘,
phì-tsià khià-tsì thuî-á-tshiú, hòo-sū-tooh se-gàn-tooh sà-tooh,

bat-tah bat-tah安打嘿,摃一支hóng-bú-láng㊽,
bat-tah bat-tah hit-tooh heh, kòng tsi̍t ki hóng-bú-láng,

絕對毋是tshiang3-su3㊾-shiang3-su3!
tsua̍t tuì m̄ sī tshiang3-su3-shiang3-su3!

《千金譜2.0》──改換新意講台灣

欲氣質就彈phi-á-nooh⁶⁰挨bai-óo-lín⁶¹,
beh khì tsit tō tuânn phi-á-nooh e bai-óo-lín,

閒閒gì-tà⁶²罔共黜,唉甲喙齒疼貼sa-lóng-pá-suh⁶³,
îng îng gì-tà bóng kā thuh,ai kah tshuì khí thiànn tah sa-lóng-pá-suh,

有人愛翕相,kha-mé-lah⁶⁴掖錢莫躊躇,
ū lâng ài hip siòng,kha-mé-lah iā tsînn mài tiû tû,

若欲聽放送,la-jí-ooh⁶⁵挼落免考慮,
nā beh thiann hòng-sàng,la-jí-ooh tsūn lȯh bián khó lū,

耍pha-tshìn-kòo⁶⁶了錢閣毋認輸,
sńg pha-tshìn-kòo liáu tsînn koh m̄ jīn su,

番外篇～生活中的日本話

唱kha-lá-óo-khe⁶⁷攑mài-kù⁶⁸，吼甲梢聲親像牛。
tshiùnn kha-lá-óo-khe giàh mài-kù，háu kah sau siann tshin tshiūnn gû。

人氣商品，先注文較免等傷久，
jîn-khì siong phín，sing tsù-bûn khah bián tán siunn kú，

煮菜用gá-suh⁶⁹，早頓siòk-pháng⁷⁰挾糊há-muh⁷¹，
tsú tshài iōng gá-suh，tsá tǹg siòk-pháng giàp tsìnn há-muh，

感冒無元氣，病院揣先生注射是必須，
kám mōo bô guân-khì，pīnn-īnn tshuē sián-seh tsù-siā sī pit su，

199

《千金譜2.0》──改換新意講台灣

爆擊著疏開，募捐著寄付，
pòk-kik tiòh soo khai，bōo kuan tiòh kià-hù，

hú-looh⁷²間仔黏thài-lù⁷³，抽水站是用phòng-phù⁷⁴，
hú-looh king á liâm thài-lù，thiu tsuí tsām sī iōng phòng-phù，

jiàn-bà⁷⁵ òo-bà⁷⁶ lái-lìn-gù⁷⁷，衫褲攏是囥thàng-sù⁷⁸，
jiàn-bà òo-bà lái-lìn-gù，sann khòo lóng sī khǹg thàng-sù，

驚生銑用sir-tián-lè-sù⁷⁹，喙焦來食ái-sīr-khu-lìn-mù⁸⁰，
kiann sinn sian iōng sir-tián-lè-sù，tshuì ta lâi tsiàh ái-sīr-khu-lìn-mù，

200

番外篇～生活中的日本話

出張過暝蹛hoo-té-luh[81]，服務好就予伊tsit-puh[82]，
tshut-tiunn kuè mê tuà hoo-té-luh，hȯk bū hó tō hōo i tsit-puh，

講人浮浪貢浪溜嗹是ā-sá-puh-luh[83]，
kóng lâng phû-lōng-kòng lōng liu lian sī ā-sá-puh-luh，

a-tá-mà khōng-ku-lí[84]，毋知變竅的比喻。
a-tá-mà khōng-ku-lí，m̄ tsai piàn khiàu ê pí jū。

oo-hái-ioh是逐家勢早，問安就講khóng-ní-tsī-ua，
oo-hái-ioh sī tȧk ke gâu tsá，mn̄g an tō kóng khóng-ní-tsī-ua，

201

暗安就是khóng-páng-ua,a-lí-ka-tòo是會多謝,
àm an tō sī khóng-páng-ua, a-lí-ka-tòo sī huē to siā,

店頭掛khǎng-páng[85],裝潢愛用me-lí-á[86],
tiàm thâu kuà khǎng-páng, tsong hông ài iōng me-lí-á,

點火提lài-tah[87],賞花就看sa-khú-lah[88],
tiám hué théh lài-tah, siúnn hue tō khuànn sa-khú-lah,

馬鈴薯炕肉濫bá-tah[89],iő-káng[90]甜甜真好食,
má-lîng-tsî khòng bah lām bá-tah, iő-káng tinn tinn tsin hó tsiah,

貯燒水是用un-pân,音響愛鬥su-phí-khà[91],
té sio tsuí sī iōng un-pân,im hióng ài tàu su-phí-khà,

絞螺絲著loo-lài-bà[92],phiàn-tsih[93]提來挽釘仔,
ká lôo si tiȯh loo-lài-bà,phiàn-tsih thėh lâi bán ting á,

鎖螺母用sıp-pán-ná[94],sài-sù[95]大細有精差,
só lê bó iōng sıp-pán-ná,sài-sù tuā sè ū tsing tsha,

淺拖號做su-lit-pah,有人提伊拍虼蚻,
tshián thua hō tsò su-lit-pah,ū lâng thėh i phah ka tsuȧh,

直升機用phu-lóo-phé-lá⁹⁶，車站都分前驛恰後驛，
tit sing ki iōng phu-lóo-phé-lá，tshia tsām tō hun tsîng-iah kah āu-iah，

灌風噴洗khōm-phu-lè-sà⁹⁷，khấn-jióo⁹⁸代誌到遮煞，
kuàn hong phùn sé khōm-phu-lè-sà，khấn-jióo tāi tsì kàu tsia suah，

文章寫了愛si-á-geh⁹⁹，若無予人笑我講bàng-gà⁽¹⁰⁰⁾，
bûn tsiong siá liáu ài si-á-geh，nā bô hōo lâng tshiò guá kóng bàng-gà，

su-mí-má-sián⑩我共你攪吵，再會共恁sa-ioh-ná-lah。
su-mí-má-sián guá kā lí kiáu tshá，tsài huē kā lín sa-ioh-ná-lah。

台語日本話，實在有夠濟，
tâi gí ji̍t pún uē，si̍t tsāi ū kàu tsē，

若欲寫齊齊，恐驚時間是較短，
nā beh siá tsiâu tsê，khióng kiann sî kan sī khah té，

日語詞彙有分別，按怎表示是問題，
ji̍t gí sû luī ū hun pia̍t，án tsuánn piáu sī sī būn tê，

佇遮簡單講詳細。
tī tsia kán tan kóng siông sè。

《千金譜2.0》──改換新意講台灣

第一種：
tē it tsióng：

日本漢字外來語，親像瓦斯、混凝土，
ji̍t pún hàn jī guā lâi gí，tshin tshiūnn gá-suh、khòng-ku-lí，

俱樂部、馬鈴薯，攏是西洋的詞彙，
ku-la-buh、má-lîng-tsî，lóng sī se iûnn ê sû luī，

翻譯作日本漢字，下跤一巡來表示。
huan i̍k tsoh ji̍t pún hàn jī，ē kha tsi̍t sûn lâi piáu sī。

番外篇～生活中的日本話

第二種：
tē jī tsióng：

片假名標示外來詞，bá-suh、bì-luh、mo-lé-luh[102]，
phiàn-ká-bîng piau sī guā lâi sû，bá-suh、bì-luh、mo-lé-luh，

phín-phóng、se-bí-loh、go-lú-huh，並無漢字的依據，
phín-phóng、se-bí-loh、go-lú-huh，pīng bô hàn jī ê i kù，

這種日語外來詞，台羅拼音就看有。
tsit tsióng ji̍t gí guā lâi sû，tâi lô phing im tō khuànn ū。

《千金譜2.0》——改換新意講台灣

第三種：
tē sann tsióng：

日本漢字台語音，手術、注射閣消毒，
jit pún hàn jī tâi gí im，tshiú-sút、tsù-siā koh siau-tók，

壽司、便當和便所，日本漢字的結構，
sú-sih、piān-tong hām piān-sóo，jit pún hàn jī ê kiat kòo，

下跤全款加一巡，台羅拼音來兼顧，
ē kha kâng khuán ke tsit sûn，tâi lô phing im lâi kiam kòo，

台語發音袂糊塗。
tâi gí huat im bē hôo tôo。

番外篇～生活中的日本話

詞語解釋

① io-kha-tà：日本浴衣
② kha-báng：皮包、手提包、文件箱
③ siat-tsut：襯衫
④ ne-kut-tái：領帶
⑤ se-bí-looh：西裝
⑥ siat-tooh：做頭髮、造型
⑦ pha-lí-pha- lí：時尚流行
⑧ mè-sì：名片
⑨ na-gá-sih：走唱
⑩ sám-phú-luh：樣本、樣品
⑪ bì-lù：啤酒
⑫ a-só-bih：彈性空間
⑬ khi-móo-tsih：心情
⑭ khán-pái：乾杯
⑮ at-sá-lih：阿莎力、乾脆
⑯ 案內：招待
⑰ khoo-mí-sióng：回扣
⑱ siò-toh：電線短路，意指人大腦短路
⑲ tha-thá-mih：塌塌米
⑳ oo-sí-móo-lih：濕紙巾
㉑ kha-tá-lok-guh：目錄

209

《千金譜2.0》──改換新意講台灣

㉒ oo-lián：黑輪
㉓ thah-khooh：章魚
㉔ nóo-lih：海苔
㉕ thoo-looh：鮪魚最有油脂的部位
㉖ sa-sí-mih：生魚片
㉗ ua-sá-bih：芥末
㉘ sá-bì-sù：額外優待
㉙ oo-khá-nè：錢
㉚ khòo-tah：配額
㉛ tsiù-sù：果汁
㉜ ma-sà-tsì：按摩
㉝ biat-tooh：床
㉞ hi-nóo-khih：檜木
㉟ oo-tóo-bái：摩托車
㊱ bá-suh：巴士
㊲ lái-jiòo-bù：沒問題、放心
㊳ hán-tóo-luh：方向盤
㊴ khu-lá-tsih：離合器
㊵ bàn-bà：保險桿
㊶ bat-té-lih：蓄電池
㊷ bak-kuh-mí-á：照後鏡
㊸ khu-sióng：避震器

㊹ ấi-sat-tsuh：打招呼

㊺ iấn-jín：引擎

㊻ mő͘o-lìng-kuh：搪缸

㊼ thài-ià：輪胎

㊽ phàng-kù：爆胎

㊾ the-ní-suh：網球

㊿ phīⁿn-phóng：桌球

(51) bok-sìn-gù：拳擊

(52) pu-lù-sù：布魯斯

(53) thàn-gòo：探戈

(54) ua-lù-tsuh：華爾滋

(55) bòo-lù：棒球

(56) àu-tsuh：出局

(57) sè-hù：安全

(58) hőng-bú-láng：全壘打

(59) tshiang3-su3：機會、運氣

(60) phi-á-nooh：鋼琴

(61) bai-óo-lín：小提琴

(62) gì-tà：吉他

(63) sa-lóng-pá-suh：撒隆巴斯

(64) kha-mé-lah：照相機

(65) la-jí-ooh：收音機

《千金譜2.0》──改換新意講台灣

㉖ pha-tshìn-kòo：柏青哥
㉗ kha-lá-óo-khe：卡拉OK
㉘ mài-kù：麥克風
㉙ gá-suh：瓦斯
㉚ siok-páng：吐司
㉛ há-muh：洋火腿
㉜ hú-looh：風呂、洗澡
㉝ thài-lù：磁磚
㉞ phòng-phù：幫浦、手動抽水機
㉟ jiàn-bà：夾克
㊱ òo-bà：長大衣
㊲ lái-lìn-gù：無袖背心
㊳ thàng-sù：衣櫥
㊴ sir-tián-lè-sù：不鏽鋼
㊵ ái-sīr-khu-lìn-mù：冰淇淋
㊶ hoo-té-luh：旅館、飯店
㊷ tsit-puh：小費
㊸ ā-sá-puh-luh：亂七八糟沒規矩
㊹ a-tá-mà khōng-ku-lí：a-tá-mà是頭，khōng-ku-lí是水泥，意指人思考頑固，不知變通
㊺ khǎng-páng：看板、招牌
㊻ me-lí-á：三夾板

212

番外篇～生活中的日本話

㊇ lài-tah：打火機

㊈ sa-khú-lah：櫻花

㊉ bá-tah：奶油

⑩ ió-káng：羊羹

⑪ su-phí-khà：揚聲器

⑫ loo-lài-bà：螺絲起子

⑬ phiàn-tsih：鉗子

⑭ sip-pán-ná：板手

⑮ sài-sù：尺寸

⑯ phu-lóo-phé-lá：螺旋槳

⑰ khōm-phu-lè-sà：空氣壓縮機

⑱ khán-jióo：結帳，台語有結束的意思

⑲ si-á-geh：修飾

⑳ bàng-gà：漫畫、卡通

㉑ su-mí-má-sián：不好意思、拜託、感謝

㉒ mo-lé-luh：模特兒

《千金譜2.0》──改換新意講台灣

謝誌

〈等一蕊花開〉

徐大年

你敢知影我咧碏碏等
你敢有看著我的留戀
對早起等到下暗
對中秋相到立冬
對一粒淺青的花莓
到落佇塗跤的枯焦
你的閒思猶原是
裼袂開的花瓣
堅持無振無動
我想袂曉
是天傷冷　抑是肥無夠重
是日頭傷猛　抑是水無夠澹
佇當時　才欲予我鼻著你的花芳
等一蕊花開　等甲我強欲白頭鬃

《千金譜2.0》——改換新意講台灣

等一本冊出版,就參等一蕊花開仝款,著操煩、也著牽挽,實在無簡單!

真歡喜,總算佇 2024 年的年底,共我的論文創作～一本因為家己的脫線煞造成誤會,才開始行對論文創作這段奇妙旅程所寫的一本冊,共伊做一个圓滿的結案。

本底,我攏是準備寫一篇論文來對中正大學台灣文學與創意應用研究所畢業,無疑悟我共李知灝指導教授報告講:「我欲用『千金譜』做我的研究主題,順紲共伊改編成符合現代版本、新的『千金譜』。」教授就共我問:「若按呢……你是欲寫論文?抑是欲創作?」一時間,我腦筋轉踅袂過,就隨應講:「創作!」過來,才愈想愈毋對同……「創作」?毋著愛出一本冊?這聲死矣!代誌大條囉……我命休矣!

不而過,對我這个做十七冬國小主任的老鳥,規年迵天攏咧寫計畫、考核、評鑑,心臟攏嘛練甲足強的,這只不過是閣加一項挑戰爾爾,無咧掣啦!愛激頭腦的我,隨就開始動腦筋思考、規劃欲按怎創作這本新的「千金譜」。

毋捌寫過冊的我,佇寫文章的過程,毋是時常頭殼揤咧燒,就是無靈感寫甲想欲去挵壁!所致想法、主題那寫那改,落尾就佮原來的規劃設定有淡薄仔出入。像講:原本想欲按舊版的「千金譜」來改編,正經寫落去才發覺真歹改,除了原文真濟語詞這馬已經無咧用、無知是啥物意思,硬共留咧就是予讀者去學一寡用袂著的詞彙。閣再講,佇舊版「千金譜」內底加入現代新詞,敢若舊衫頂面

謝誌

補新布,烏白疊看起來不答不七,袂輸走味的咖啡全款,這毋是我心目中彼本冊的模樣。尾矣,我毋才決定寫一本全新的創作~「千金譜 2.0」。

寫冊的過程嘛拄著誠濟問題愛解決,頭一個就是驚家己的台語用詞、氣口無夠紲拍,閣欲共人講這是一本台語的啓蒙書,毋過讀起來煞有淡薄仔華語的邏輯,按呢就落漆矣!好得我有一個自細漢交清朝尾老阿公仔講話、敢若台語活字典的黃哲永老師共我鬥監督,閣提供所有我需要的文獻、書籍,予我倚靠,安貼我緊張的心情。

紲落來是寫文章的鋩角,因為我毋是文學系本科生,所致一寡寫文章的技巧嘛無遐爾熟手,佳哉指導教授李知灝老師攏會提供我真濟建議,予我的句讀較好勢閣婧氣。比論講文章的破題、諧音的語詞、起承轉合的理路……老師的用心真正是全國電子,足感心的!

閣再來就是出版的問題,這本冊敢若家己的囡仔,用心計較一點一點共捏大漢,若無認真出力共推揀,真正對不起我沖沖滾的頭殼、無細膩挲落來的頭毛絲,佮拍電腦拍甲強欲吐癀的目睭。佳哉有黃哲永老師交邱素綢師母共我鬥牽線,紹介秀威資訊科技有限公司,佇我共文稿寄過去公司了後,真緊就回復簽約出版的代誌,誠感謝出版社對我這本創作的幫贊佮支持。

猶閣有口試委員:何信翰教授、陳瀅州教授、李知灝教授予我的建議、修改意見和鼓勵,掠出我佇概念、抑是語詞內底矛盾的所在,予我的創作論述更加婧氣。連尾仔論文格式審查的部分,修修改

《千金譜2.0》——改換新意講台灣

　　改去倒幾若擺，嘛予李知灝老師真勞力，各位老師的用心指導，阿年佇遮表達深深的感謝！

　　　　上落尾愛多謝碩士班同學嘉琪、秀蘭姐、婉貞佇我有啥物疑問的時，隨時提供支援。多謝淑文敢若線頂字典，不管時予我問問題，閣參阮妹妹正宜口試的時，作伙到現場協助。閣有佇創作期間捎無摠、碴碴倯的時陣，提供資料的恩惠、玉鈴、笙如、仁華、秀華參緣投仔囝東翰、翊誠恁逐家的鬥幫贊……謝天、謝地、多謝認真拍拚的家己，希望出版一切順序！

釀語言17　PD0098

《千金譜2.0》
—改換新意講台灣

作　　者	徐大年
責任編輯	邱意珺
圖文排版	黃莉珊
封面設計	嚴若綾
圖片來源	Freepik、Pixabay

出版策劃	釀出版
製作發行	秀威資訊科技股份有限公司
	114 台北市內湖區瑞光路76巷65號1樓
	電話：+886-2-2796-3638　傳真：+886-2-2796-1377
	服務信箱：service@showwe.com.tw
	http://www.showwe.com.tw
郵政劃撥	19563868　戶名：秀威資訊科技股份有限公司
展售門市	國家書店【松江門市】
	104 台北市中山區松江路209號1樓
	電話：+886-2-2518-0207　傳真：+886-2-2518-0778
網路訂購	秀威網路書店：https://store.showwe.tw
	國家網路書店：https://www.govbooks.com.tw
法律顧問	毛國樑　律師
總 經 銷	聯合發行股份有限公司
	231新北市新店區寶橋路235巷6弄6號4F
	電話：+886-2-2917-8022　傳真：+886-2-2915-6275

出版日期	2025年5月　BOD一版
定　　價	300元

版權所有・翻印必究（本書如有缺頁、破損或裝訂錯誤，請寄回更換）
Copyright © 2025 by Showwe Information Co., Ltd.
All Rights Reserved

Printed in Taiwan

讀者回函卡

國家圖書館出版品預行編目

<<千金譜>>2.0：改換新意講台灣 / 徐大年著. -- 一版. -- 臺北市 : 釀出版, 2025.05
　面；　公分. -- (釀語言 ; 17)
BOD版
臺語漢字、臺羅對照
ISBN 978-626-412-096-8(平裝)

1.CST: 臺語 2.CST: 讀本

803.38　　　　　　　　　　　　　114005027